上升女王

陳零——著

目次

之一

她想寫些什麼，那段往事不在日記本裡，在受了潮的回憶中，再不記下，一切都將湮滅了……，這一切在世界的另一個地域，那兒有熟悉的語言和文字，在那兒褪色的窗帘掀動著，溪水在月光下，無名的黃色小花在車子經過的山路一朵又一朵，綿絮似的風絲絲拂面而來，交織在記憶的底層，在那兒她找著他，找著印著他面容的底色和背景……。

弗拉生長在一個幸福的家庭，父親是殷實的商人，白手起家，為人誠懇，在商界有良好的聲譽，平日工作非常繁忙，但每天按時下班回家吃晚飯，不抽菸喝酒也不應酬，和妻兒團聚也卸下了一天的疲憊。

母親勤勞樸實，柔弱的身體在家經營出租房屋和照顧四個孩子生活起居，非常辛苦。母親將父親賺的錢都投資在房地產上，她選擇好地段的房屋出租，讓忙碌的主婦生活更加充實，家族親戚都對母親的賢慧靈活，眼光精準非常欣賞。

大姊芙比身體比較弱，從小常常感冒發燒四十度，病毒侵犯肺部引發肺炎住院，瘦弱的母親每天往返醫院照顧直到穩定出院。

芙比的病弱得自母親的遺傳，父親和母親是高商同班同學，畢業時父親入伍，懷著芙比的母親並無娘家的照顧，小夫妻經濟條件也不允許補充營養的食物，本已瘦弱的母親受孕哺育幼兒十分辛苦，芙比呱呱墜地起瘦小的身軀，抵抗力弱，出生就得黃疸，腹瀉，經常發高燒轉移併發症，直到成年健康情形改善，但芙比的身軀仍像十四歲的國中女生，沒有改變。

弗拉自幼聰穎，讓承襲優良遺傳的父親驕傲地帶著她出席獅子會的聚會場所，氣氛隆重的盛宴中，有著和父親相同深刻輪廓的弗拉牽著父親的手，亦步亦趨在父親身旁，賓客讚賞的眼神無不停駐於這對出色的父女。當知道弗拉是模範生的優秀成積時，更是紛紛稱許父親教育有方，弗拉僅流露淡淡的笑容，警惕自己要努力以赴維持好成積，讓父親引以為榮。

大弟遺傳父親的商業頭腦，國貿系畢業後開貿易公司，進出口商品，大弟秉性老實，精明的秘書兼會計是他得力的輔助。

如果不是朋友陪同到戶政機關辦理事情，發現兄弟倆人出生日接近，小弟永遠只是戶口名簿上稱謂次男的一個名稱。

芙比和弗拉年齡相近，從小唸書遊戲都在一起，弗拉功課好，可愛秀麗的臉龐，常常讓鏡中的芙比望著自己發呆，她將目光移向瘦小的身形，再慢慢移往鏡中的面容，忍不住不願意面對的真實，她終於鼓起勇氣來到父親面前。

望著那弗拉與其神似，如同一個模子刻出來的父親臉孔，芙比聲音無力又軟弱，只是輕輕說出深藏內心的疑問：

——為什麼妹妹生得如此討人喜歡？這不公平。

——我不是為妳取名修嗎？要修練自己，向上提昇啊。

父親撫著她的肩膀，慈愛的眼神未曾離開過芙比一直以來引以為憾的容貌身形，和緩的語態似微風溫婉，拂揉著芙比失落的心。芙比知道自己在父親心裡的期盼和妹妹同等重要，也讓芙比感受身為長女的可貴，因為承襲了父親溫暖的性情和開闊的思想，這一切優良的特質都是恆久，終生值得懷藏的恩賜啊。

弗拉從小跟著父親出席商業社團的聚會，會友的下一代都是就讀私立學校的子弟，他們談論的話題總圍繞在名牌手錶，數萬元的名牌自行車和機車，弗拉感受到這些所謂高尚家庭出身，受名校教育的富二代，精神內在的貧乏空洞，如果退去了這層金粉世家的光彩外衣，這些富家子弟還剩下什麼？也許比一般家庭出身的人還不如，只是倚仗家世深厚，炫燿財富，而不是憑藉自己的努力而來，弗拉瞧不起這些富家子。

在這些世家子弟之中，一位公立高中的男生和弗拉聊音樂，藝術，聊旅行，弗拉欣賞他的攝影作品，散文書寫，他更崇敬弗拉的得獎詩作，倆人心靈的交換似小溪靜靜流淌，潺潺涓涓，內心世界的盈滿充實是金錢財富無法比擬的。

父親來自大家族，十個兄弟姊妹，家境貧窮，無法接受更高的教育，但祖父重視家庭教育，十個孩子都端正做事，父親思維活絡，商職的學業成績好，和母親的理性文靜相映相融，父親從商，母親是強力的後盾，讓他精力充沛的年輕歲月，全力衝刺事業理想，父親的努力是家族的榮耀，開創了自我，更樹立了弗拉心中的標竿典範，一個真正的英雄亦如是，如此的認真完美，無懈可擊。

母親出身宜蘭地主家庭的長孫，身為地主長子的父親五十歲心臟病走後，祖母寵溺靈巧，能言擅道的二弟，將長媳和母親三姊弟逐出家門，霸占財產留給二弟。昔日優渥生活的富家長媳，身無分文也無一技之長，只能為人洗衣服養三個孩子。

弗拉的外婆從小就教育母親，女人一定要具備謀生的能力，絕不能只依靠夫家男人，一旦家庭發生變故，女人要能獨立自主，養活自己且照顧孩子。

母親十二歲失去父愛，高中時含辛茹苦為人洗衣的母親也走了，母親白天在工廠上班，晚上唸商職夜校，姊代母職照顧兩個各上國中和小學的弟弟生活，還要平撫自己的傷痛；堅強卻孤單的母親遇到了父親，他的開朗如朝陽，深深溫暖了母親，父親欣賞母親對課業的認真，為家人的犧牲，溫和理性的母親早已超越外表容貌的表象，停駐在領略真美善德的父親心裡。

弗拉功課好，鋼琴，舞蹈才藝出眾，當所有表姊妹都唸私立學校，她是唯一的小綠妹，也是父母的驕傲，一切所能想像的才情幾乎都備齊在弗拉一個人身上，她也是校花，每當放學時校門口便集結了一群男生等著看她一眼。這樣一段難忘的少女歲月，那吉光片羽的陶然純粹的快樂，在成長中可化為銜接成熟期漫渡青澀的養分，在乖巧的外衣之下包裹著狂野的累世等待被解放的靈魂。

弗拉當然也曾躺在淚水潰堤的河流中漂浮著，感受被遺棄背叛和莫名的忽視。或許擁有特殊的才情，扣上不安份的靈魂，就得招來不堪的折磨，走上曲折坎坷的生命旅途。

芙比商職畢業後工作一段時間，弗拉從第一志願畢業以優異成績考上大學新聞系。芙比開始正式與救國團活動認識的男孩交往，高中通信了三年，情況漸入佳境。原來母親有些反對，太早談戀愛不夠成熟，但就讀大學資訊系的男孩一直鼓勵芙比考大學，還幫芙比補習英文數學，芙比感受到對方的心意，堅持這段感情，果然一年後，證明了這段感情讓她奮發向上，也證明了自己可以和妹妹一樣讓父母感覺光榮，她考上了夜大會計系，白天繼續在成衣公司工作，生活緊湊充實。芙比已經長成一個自信，怡然，內涵沉穩，理性思維的成熟獨立女性，和弗拉共同一一面對家庭裡所有發生的狀況。

自小參加作文比賽的弗拉，班上兩個女生輪流，上學期是她，下學期就是弗拉，只要是弗拉出馬一定奪冠；課業成績穩坐第一名寶座，又是演講比賽，書法比賽的代表，自小學到高中，畢業時市長獎的榮耀非弗拉莫屬，一切的光榮，弗拉都想歸功於父親，父親如沐春風的身教，循循善誘的思想塑造，對弗拉的性格和價值觀養成有著極大的力量。

考上高中的那個暑假，一次弗拉經過父母的房間，看到衣櫥裡一個抽屜打開著，文件露出一角，她不經意地走進房裡，慢慢抽出了有些陳舊的紙張，是一份領養的文件，上面的子女是小弟的名字，旁邊的戶口名簿清楚地登記：芙比和弗拉，大弟都各差兩歲，而大弟和小弟出生只相隔三個月。

多年前的一個冬夜，夜深了，弗拉從洗手間出來準備就寢，聽到主臥室傳來細微的歎息夾著嗚咽聲：

——就這麼決定了，好嗎？

——為什麼會這樣？我不懂，我不懂。

母親一再像對自己說話，又像問上天，天不語，父親只是歎了一口氣，沒有任何回答，燈熄了，輕輕的啜泣聲在深深的夜裡格外清晰悲涼。

弗拉的記憶回到彷彿四歲那年，兩歲的大弟含著奶嘴快步向前，噶吱噶吱笑，母親彎下腰護著他跌跌撞撞，這時父親抱著和弟弟同樣年齡大小的小弟進門，小弟怯生生地看著陌生的環境，弗拉帶著好奇，定定望著這個家的新成員。

母親默然的表情帶著憂傷，理性的母親掩不住淡淡的悵然，還是到了終究要面臨的這一刻。從那時起，這個幸福的家庭似乎蒙上一層陰影，文靜的母親顯得更安靜了，只是專注在租房收租的例行公事上，臉龐的神情木然沉寂，時而眉間凝滿憂鬱，化不開的愁，烙印在弗拉心裡優良形象的父親，始終是弗拉最深愛的父親和對未來丈夫的模擬榜樣，這一切屬於父親的特質是永遠不會改變的。

和弗拉同享大學新鮮人體驗的芙比，雖然白天上班，晚上上課有些疲累，但和芙比同在台北就讀大學的男友，總是會等在校門口陪伴她一起回家。在漸漸適應緊湊的大學生活時，一個隱隱約約似乎綁住芙比，困擾著自律，條理分明的芙比的壓力仍然逼迫著她坦白。

從高中兩人通信開始，男友的優秀與好強的性格都令人印象深刻，芙比雖然就讀商職學校，唸書考試並非十分傑出，但從小父親的提醒期望和遺傳母親理性思維，又是生為長女的芙比做事待人都謹守原則，中規中矩，從不讓人擔心。

即使如此，男友的操心關心最後成為管束控制，逼迫著芙比不得不坦白，如果不就此打住，連最後幫助她補習考上大學的恩情都要消磨殆盡了，芙比終於將積埋心中的遺憾和僅存的感謝傾吐而出。

芙比深深地吐了一口氣，如釋重負地望著那張臉孔，這張伴隨著她走過青春懵懂，也有些茫然憂懼歲月的面貌變得成熟，性格也更好勝，每件事每個看法，如果和他的觀點不同，他完全不認同芙比的想法，可能是最優秀的學習過程養成造就了性格，芙比覺得累了，不想再爭辯了，曾經冷靜思考過，也許是自己也具有相同的個性吧。

當前方的光明已漸微弱，看到希望已經熄滅，就在這冰冷的灰燼前作一番告別吧。男友揚起臉龐，轉身走出了芙比的視線，走出了那段最珍貴的歲月，驕傲的兩人都沒有回首，在芙比大學生涯的第一個夏天。

弗拉高中大學結交的同學，聊得來的朋友都是文藝友好，雖然對方都對弗拉的才華欣賞，如果想進一步交往，母親的教誨和自我期許都嚴正把關，不容輕易改變，因為理性的的母親自律甚嚴，希望兒女不要輕忽率性，作出有損家族顏面的行為。

弗拉遵從母親的心意，更關係著自己的夢想是嚮往能和父親一模一樣，有著陽光溫暖的性格，有積極開創的魄力，也有著與人和諧相處的能力，更具備穩定成熟的人格，如果能有如此的人出現在弗拉身邊，弗拉一定俯首稱臣，欣然接受。

無論是同學，學長甚至是助教，任何條件優秀的人的青睞，弗拉一律靜觀自持，淡然處之，有朝一日她祈求的那個像父親一般完美無瑕的人出現，上天一定會許諾成全，她始終相信。

大學自在悠遊的生活，唸書，準備考試，寫報告，弗拉參加了許多研習營，採訪實習寫新聞稿，也參與了校刊編務，所有的試鍊只為了成就自己，讓自己變得更飽滿堅實，展現出的成績令師長印象深刻，畢業時弗拉獲得推薦，進入財經雜誌擔任記者的工作。

無論經歷任何磨練她都充滿信心，因為上天的恩賜讓弗拉感謝一切。

第一天上班，父親看著弗拉穿上新衣，笑得燦爛，欣慰地摸著她的頭，讓她確切體會這一個工作是一個開端，是她的人生路上第一個寶石，是親情賦予的美好啟發激勵了她，要堅強獨立去創造自己的未來。

第一次接受任務，主編指派採訪十大傑出企業家的報導，和接待人員致意後，弗拉獨自一人進入公司圖書室，說是圖書館也不為過，因圖書室三面環繞書牆，書架上井然有序排列著琳瑯滿目的書籍，在等候董事長的時間裡，弗拉一點都不慌張，並沒有新記者的害怕，可能是大學四年所受的實務訓練讓弗拉胸有成竹，弗拉感覺最主要的原因應該是這個企業經營者的蘊藏涵養，和一般的企業家或商人有著顯著的差別吧，這也是讓弗拉安心平靜的理由。

董事長在平日的座位坐了下來，旁邊對襯的座椅裡弗拉安然就坐，這是弗拉喜歡的時尚古典天使翅膀的座椅（Wing Chair），椅背高聳，兩側有耳，可承靠著斜傾的頭部，湖藍的顏色，典雅的花紋，入座就得以包容的寬闊懷抱。

——休息放鬆的空間，最居家的享受。

陌生臉孔看著她，弗拉卻覺得親切，這位企業家很少在媒體曝光，穿著整齊清潔，平日生活簡約，衣著質料不講究名貴，開普通的車，唯一的娛樂是打高爾夫球，那是和總經理，幕僚親近的時刻，也是久坐辦公室和經常出差的忙碌中，接近大自然走走路，曬太陽的機會。

——這是妳的第一份工作嗎？

弗拉望著他，點點頭。董事長退伍後第一份工作就創辦了公司，當時二十五歲的他正如弗拉此時的芳華正盛，青春時光都奉獻給事業，一腔熱血，只能勇往前進，沒得後退。董事長眨眨眼，淡然的表情蘊含了自許自負，弗拉淺笑彷彿想化解這個事業有成，很早發跡的董事長的憂傷，其實他平靜內斂的神態並未透露什麼，只是當弗拉問到開創事業的動機時，那隱藏不住穩定的表情閃現一絲絲的無奈。董事長緩了緩氣，挪了一下身體，緩緩說出自己的故事。

芙比在圖書館準備期末考，這年的夏日異常忙碌也異常輕鬆，卸下了感情負擔，心頭的重量減輕，心懷感謝就是最好的回報。芙比已思考了無數次，每次鼓起勇氣想表達清楚心裡的感受，總讓他一逕強勢作風硬壓了下去，總念在他的積極努力帶領著兩人向上提昇，硬是讓心上的石頭似滾雪球越來越難以消融；好幾次芙比無法喘息了，乾脆閉上雙眼不再看他，他才和緩，不再堅持，但沒多久自尊心總隱隱作祟，跳出來和好勝心結盟，非駁倒芙比才罷休。

芙比承認他真的很優秀，對很多事的堅持是令人欣賞的，否則如何能相處，走如此漫長的路？這珍貴的六年在芙比的生命裡價值永恆，希望往後兩條平行線各自沿著軌道運行，往該去的方向，芙比也會在心裡祝福這曾經的年輕。

芙比的座位後，回頭看到一個臉龐斯文，略顯削瘦的身影，坐在自己習慣靠窗的位置和身旁的同學輕聲交談，同學笑了兩聲，斯文的男生不露表情，靜靜看書，流露淡淡的書生氣，不禁吸引了芙比的注意。

過了一個禮拜，星期六早上芙比剛進圖書館，斯文男攔住她：

——中午想去速食店嗎？可以邀請妳嗎？

善意的笑容令她不好拒絕。休息時間，她好奇地望向那安靜的面容，依然低頭專心眼前的書本，好像身旁的事物都無法影響他，斯文男的沉靜和好勝男的活潑是兩種典型，對芙比來說都像是驚喜，讓人願意接近揭開那層青春的面紗。

速食店的門口，斯文男旁的同學笑嘻嘻地，斯文男仍然靜靜的，三人點了餐坐下來，

——那天你坐了我的位子。

清秀的面孔嵌著個性的嘴唇，輕輕地發出磁性的笑聲。

——啊，我不知道。

斯文男不好意思地笑出來，這是芙比第一次和陌生人開玩笑，帶有幾分書卷氣的他露出輕鬆的表情，芙比也跟著放鬆起來。

——我的名字很簡單。

——真的簡單好記呢。

芙比笑著交換自己的名字。紀維的大學成績不錯，準備考研，第一年成績不理想，今年全力以赴，如再度落榜就先服役，回來再準備。

——你一定可以的，加油。

紀維的溫和有幾分父親的風格，芙比感受一股暖流掠拂，就像幼時在父親面前告解，喜獲慰藉得以救贖般地重生。

紀維考研結果不理想，與他優良家世背景的期許有一段距離，唸理組的他自我要求也高，除了唸工學院研究所為第一志願，也同時提醒緹雅語言的重要，必要時學習各種語言，才能規劃更好的未來。這和芙比原本喜歡英文，準備有機會補習英文和法文的想法吻合，對紀維的進取心感到佩服，能認識這樣優秀的朋友覺得很榮幸。

弗拉完成了採訪的任務，對董事長留下穩重淡定的印象。董事長幸福的童年在剛上小學時破碎了，積勞成疾的父親走後留下車廠讓母親一個弱女子撐持，還要照顧三個稚齡的孩子。

及長也是家裡的精神支柱，長兄如父的董事長學業品行優良，帶領弟妹，照料生活。幫忙母親共同管理修車廠事務，從小天資優異，數學精算運用在經營生意方面，磨練經商智慧。

大學數學系畢業，服完預官役退伍回來，母親作主和生意上有往來的商人千金結婚，一心只投入在課業和維持家中生計的車廠生意的董事長沒有談過戀愛，也無心留意心儀的對象，惶惶然與母親口裡溫柔嫻淑的女子結婚，才二十四歲的青春年華，無法自己選擇決定攜手終生的伴侶，事母至孝的董事長邁入了神聖的殿堂，接受了命運安排，由一場沒有愛戀的感情開場，如母親所願，隔年與女方娘家合資，藉重董事長的才幹，成立電腦公司至今越具規模，母親感恩親家的幫助，對媳婦的照顧婆家，丈夫孩子賢慧得體，感懷於心。

董事長緩緩訴說著，就好像和朋友說話，自己和弗拉都有些意外，可是董事長不見外陌生的弗拉，男性能和初次見面的異性訴說自己的隱私，就如同弗拉對董事長的深刻蘊涵，而與藏書主人的印象良好接納了他的感觸寂寞。

採訪之後在留下的穩重淡定感覺裡，弗拉再也不曾和他見過面，只是和董事長有私交的主編不時稱讚弗拉，而是以董事長的口吻關心，讓弗拉有些疑惑，也在繁忙工作的空檔，偶爾思緒飄過浮現那張臉孔，總是定定地望著前方，平靜中有一絲絲無奈和不易察覺的盼望。

將對董事長的儒慕之情轉移在一往情深的學長身上，從一開始弗拉就知道和學長是兄妹情，沒有過多的聯想空間，因為學長的氣息和父親不相同，和弗拉所嚮往的溫暖才情達不成圓滿和諧，這樣的境界只有在弗拉主觀的異想世界繽紛多感，他人是無庸置疑，不容置喙的。

紀維考研結果理想，考上土木工程研究所繼續深造，按照家裡的期望也是個人理想的實現，芙比為他祝福；凡事尊重芙比的想法，著重她的感覺，讓理性帶著柔軟的芙比心靈舒適安寧，歷經夏日酷烈冬日冰封，終於迎來春神愛撫溫柔的芙比，如此春日寫意時光沐浴在呵護寶藏的懷抱中。

芙比和紀維越是墜落幸福的深淵，越想不到碰觸意外的界線，約好在教室見面，芙比又踏進熟悉的校園，往教室的路上，樓梯上下來的身影，正面相迎是兩張意外表情的臉孔。初戀情人定定望著芙比，初夏微寒，那條紫薇顏色的絲巾正纏繞芙比的胸前，一眼看見的當下，初戀的神情似乎怔忡了一下，閃現一絲傷感，好強地很快隱藏住憂傷，若無其事地向前打招呼，芙比平靜地撫摸絲巾輕聲說謝謝你，往原先目的走去，在教室微開的窗縫裡望著那若有所思的背影姍姍離去，窗外的風輕柔吹起，芙比撫著絲巾再次在心裡輕輕說聲謝謝你。

弗拉在主編的邀請下，由董事長作東和弗拉有了第一次的飯局，說是飯局其實只是簡單的聚餐聊天，男人間聊事業，董事長的話極少，但是經常望向弗拉，眼神較第一次見面時溫柔，那種溫柔足以說明弗拉在他心中的神妙和美好，慢慢地在餐間，弗拉感覺兩人的互相交流僅止於眼神，卻包含了比言語更深刻更豐富的東西。

那天採訪兩人談的深刻，也許是入與人的緣份吧，弗拉的安然自若，讓董事長埋在心裡的感情合併著事業的興盛傾洩而出，對內斂持重的董事長而言也許是失態，但看在弗拉眼裡，董事長的內心是脆弱受傷的，弗拉彷彿是讓人放心的，更像是浮木，讓領導兩百位員工，表面強大的企業家卸下武裝防衛，得以暫時浮出繁重的忙碌生活，呼吸自在的氣息。

可能是董事長的年齡稍長，像長者，像父輩，沉穩而歷經世事，單純真誠的弗拉和董事長彼此不設防，容易接近，也是一種惺惺相惜吧，這份互惜的緣份會如何沿續？還是該畫下休止符？有時弗拉也會被空虛不確定所疑惑，覺得是自作多情和幻想，弗拉的理智和感受的天平正在一點一點偏移，應該停靠在那一邊？窗外的夜色正濃，那安靜沉默的身影飄進她的心，雨落在街燈下，像碎落一地的玻璃，在更遠更遠夜的深處，在已沉寂夜的街心。

即將畢業前的最後一個春天了，當街道旁的路樹逐漸染上新綠時，四年，芙比變了很多，臉龐的線條變得柔和，看待世界的眼光更開闊了，她變得更美麗，也更懂得愛自己，裝扮自己，因為等到一份感情，等到點燃生命的燦爛煙花，芙比不再稚嫩，不再蒼白無趣，但更歷練而純粹。

對愛情，對她自己，她堅持莊嚴，絕對，完整，並帶著莫名的潔癖，她有些模糊的夢，朦朧的影像入夢離去，她無能決定；但遇見了紀維，她把靈魂最純淨的空間留作等待他填寫的白紙，與他目光交流的無聲裡，想像他把情愫傾進寂靜旋律，她感覺一種靈魂逐漸燃燒起來的溫度，她想用聲音向世界吶喊，想找到一種合宜的方式來擁抱這個冷清又熱烈的人間，她們約定紀維退伍回來，要到美濃老家看望家人，讓親人分享見證這份不容易得到巧遇的幸福。

在企業楷模獎的頒獎盛典中，弗拉坐在媒體席間看著舞台上的人影，像深夜電影院放映過的片片段段都成模糊的黑與白，彷彿春天夜裡的陣陣幻覺。

弗拉活在希望的夢想裡，在那些忙碌的日子，在慵懶的午后，間隔著各自的生活屏障，當有意無意不期而遇，她和董事長總是默契地不追趕著急，她追尋他的身影，然後他用目光輕柔地包裹她，彷彿戀戀不捨放她離去，她知道她的生活裡有一位關注著她的觀眾，她為他積極努力要脫穎而出，他的注視使她流光溢彩，他的眼神賦予她飛揚絢麗，那些日子都不得不被時間壓成碎片，迸裂飛散，他被聚光燈和人群簇擁到舞台中央，而她將在曲終人散時黯然離去，她的未來在那裡？

她是那麼孤單，隨著夜色不斷咀嚼寂寞，她望進他在人群裡發著亮光的眼睛，那兒可有她標誌的印記？那她用感情用心靈穿入所立駐的光暈？快樂和悲傷，高亢和頹靡，是否會在那層光暈裡昭然若揭，歷歷在目？一切記憶無需言語照亮，世界所有的碎片都是偶然，未來在某個角落，透著流光的歲月，這些碎片是否會再相遇？碎片和碎片，她和他？

她的生活是多麼清冷單調，然而內心的幽暗中卻晃動著微光，往前照去，她恍惚覺察什麼是掙扎，什麼是愛情的糾葛，欲望的纏繞，什麼是若有意卻無情？

從見到董事長的第一次就感受到他身上帶一種孤單的溫柔，那一段記憶如今在她心中的感受像一處曾經燃燒過的柴薪，在薄暮裡透出即將消失的火光。

然而在與他相遇的那個年紀，她是用夢想的眼睛張望這世界的，所以每次當她望著他時就好像在微暗天空中，烏雲被突然而起的一陣風吹散，陽光從那裂開雲層灑落開來，她想直視，又無法逼近那道光芒，也許不是因為那道光芒，只因為那時的她太單純，剛從無憂的學生生活離開，走進大城市的宏偉巨大的企業組織，見到了高高在上卻與她同樣孤單的董事長。

片子開始演了董事長才進場，落座後不久，弗拉忽然感覺到一股異常的氣氛，當她意識到身邊坐著的正是典禮上望著她，眼神溫柔發亮的董事長時，她的心急速地跳動起來，她無法專注於劇情，身旁的他正聚精會神地看著電影，她與他是那麼靠近，黑暗中，近到她可以聽得見他的呼吸，感受到他手肘的溫度。那兩個鐘頭是她與他單獨相處時最近的距離了……。

那個夏日的夜晚，這些記憶被分隔成兩岸不同色調的風景，董事長在對岸已成了模糊的假山，弗拉在此岸凝望一個清晰的人影，而那一夜的影像在清晨薄曦的微光照耀下像驚蟄後的蛇族，延伸進入兩個被詛咒的軀體內，尷尬地對上彼此倉皇無助的眼神。

當時是如何離開讓人驚惶失措的現場，在腦海裡永遠無法退去的火焰燃燒著倆人裸露的感情。那一刻的決定使陽光迅速降到了冰點，在薄曦中映照著她的未來。而青澀的果子成了瞬間摔落地面的碎漿，倏忽變成一池淚水，淹沒了弗拉，也淹沒了父母的驕傲，編織青春時代如星河繚繞的綺夢，不得不匆匆落幕了。

在喜慶熱鬧的喧騰聲中，芙比戴上象徵完滿的對戒，紀維木訥忠實的笑眼裡盡是愛侶的影像。弗拉忍不住湧上的酸楚，腦海裡翻轉的話語重複著：我會離婚，我會離婚……。

她將自己鎖在房間裡，讓呼吸飄蕩在黑夜，把自己拋在清冷的空氣裡，讓自己躁動不安，迷離恍惚的夢漸漸沉澱。她覺得自己彷彿在餵養一朵有毒的花，有朝一日，當它成熟綻放，或許她的夢就能成真。她覺得她真的能明白他眼裡的溫柔，以及他的寂寞，在半夢半醒間眼淚將枕頭弄濕，他像一具立在水中的幻影，從無聲無息夢的邊緣走進她苦澀而一廂情願陰暗纏綿的幻夢裡，如果年輕時的激情是團燃燒的火焰，它會在什麼時候燃盡呢？

芙比和弗拉前後相繼懷孕，芙比孕育著期待的生命，而自幼令人欣羨的弗拉卻蘊藏著無能為力的苦衷。

——他說會離婚。

——那等待事實證明，他知道嗎？

弗拉點頭，芙比輕輕攬著弗拉，就像小時候父親撫慰的溫柔，弗拉彷彿是個幼弱的孩子需求母親的懷抱。自懷孕起弗拉繼續雜誌社的工作，平日家人並未發現異樣，在不聲張下，以出差為由，弗拉孕期六個月後，辭去了工作，由芙比安排住在月子中心直到孩子出生，孩子出生體弱在保溫箱裡待了月餘，弗拉也因剖腹麻醉傷了脊髓，在醫院休養三個月。

董事長幾乎每天來探望，婆婆欣喜又添孫子，稱讚孩子像極父親，微黃的髮，一雙有神的眼睛，會盯著人笑，弗拉懷抱著享受嬰兒的乳香，在芙比的勸說下，弗拉為孩子取了名字後交給董事長撫養，和一直默默守護的學長辦理結婚登記，正式和董事長的世界畫上句點。

五年來她和董事長之間既陌生又熟悉，既遙遠又真實，盪人魂魄的是那種似有若無的摧折，像洞穴上方那一點點光，一點點希望，緊緊纏縛著她純潔的心，徒然一場夢，在光與影的追逐中，她純白的心情經常垂掛在思念的風中。

那幾本他畫下記號佳句的書就像筆記本整理的井井有條，沒有潦草浪漫也沒有華麗誇張的痕跡，他的筆跡透露著男人的斯文仔細，一點也不像庸碌的生意人，她將臉頰輕輕貼在那些書本上，聞到一種木櫃子的薰香，一些微淡的潮味泛出來，隱約帶著似有若無的薄荷味，她仔細地收藏留在現實的生活裡，否則時光流去，當所有的記憶都毫無憑據，她如何留下他？還餘存什麼？當人生風雨皆息，她那些曾經為他認真過的往昔，將會再以什麼面目去參與她靈魂的逐漸老去……？

每當夜深入靜，弗拉總是將音樂開得小小聲，在被窩裡一遍又一遍聽著女歌手幽幽輕頌：

嗨！女士，詛咒著自己一生的女士
妳是個不滿現狀的母親，也是個有創意的妻子
對妳所夢想的事，我並不懷疑
但我希望有人來找我談心
像我找妳一樣

我曾到過喬治亞州和加州
和任何我想去的地方
牽著傳教士的手
在陽光下享受
我走遍各地，看盡友善的臉孔
只因我想要自由
我曾到過天堂，但從來不曾屬於自己

求求妳，女士，別走開
因為我必須告訴妳，為何我現在孑然一身
在妳眼裡可以看到許多的我
何不讓我分擔妳那脆弱的心
雖然妳活在千萬個謊言中
我到過尼斯，到過希臘群島
駕著裝滿香檳的遊艇
在蒙地卡羅四處遊盪
展示我的斬獲
我曾在國王面前寬衣解帶
也曾看過一些女人不該看到的事物

我曾到過天堂
但從來不曾屬於自己

嘿，妳曉得什麼是天堂嗎？那是個謊言

那是我們對人，事，地的憧憬所編造出來的幻想
妳知道什麼是真理嗎？
那是妳懷中抱著的嬰兒
那是今天早上和妳共同奮鬥
晚上一同入眠作夢的男人
那就是真理，那就是愛
有時候我會為未出世的孩子哭泣
也許那會使我的生命更完整
但我選擇了逃避的生活
從此不再明白快樂是什麼
我已花了一生去探索
為自由付出太多代價
女士，我曾到過天堂
但從來不曾屬於自己……

在聽這首歌時，弗拉的靈魂似乎從一個不知名的地方被召喚出來，忽然看到那

好像成為現在眼前的過去，她覺得自己似乎比平時更快的速度在數夜之中成熟蒼老許多……。

像拔河比賽在哨聲中開啟，弗拉站在繩子的左方，董事長站在繩子的右方，那一刻他昂首望著她，眼光一直停駐，沒有移開，她也一樣，眼神堅持，互相注視，那拉拔著繩子的兩方不也都堅持？無論或左或右，彼此不讓，妥協必遭失敗，事關榮譽尊嚴，這五年弗拉的堅持和驕傲在孩子在體內漸成成型後都成委屈與心酸，惆悵與抱憾。

他明明知道她的心意，但，為什麼不？為什麼不？他們在一起那麼久了，他竟能經常與她共處而不兌現承諾？放手妥協有多麼不易？她真希望明白向妻子開口有多艱難？望著他，她的淚水終於湧上眼眶，他並沒有移動，只是眼神閃動著深深壓抑不住的柔情……。

在最後一絲尊嚴的淚滴落下前，弗拉留下孩子轉身離去，在將盡未盡的地方，她選擇中斷，這裡是一切的頂峰嗎？在她背後喧譁的聲音，在她轉身離去時成為此後回憶中揮趕不去的深沉的嘆息。許多生命中無法遺忘的片段，偶爾會像張褪色照片般浮現在腦海中，然而更多事情的前因後果已落入時間的洪流中，無從尋找。

弗拉在父親肝癌驟然離去渡過傷痛後，和學長畫下婚姻的休止符，她並沒有後悔惋惜。燈光暗弱，她置身在離別前的惜別裡，黑暗是背景，廳上由天花板垂吊而下的水晶燈調成昏暗的光線，她的視線越過那些熟悉的周圍，眼神落下。沉醉多時的愛情終將走到盡頭，那是一場令人神傷又欲罷不能的夢，她手中握著一杯冰涼淡味的清酒，依著窗，晚風透過庭院拂面而來，窗外是她糾纏，情感漂流多年的城市夜空，歌手幽長的音樂聲濃濃圍住她，緩緩駛入心深處，彷如夜間航行的小船。在渴望董事長垂憐的痛苦裡，她一次又一次的失望，在即將離別的前夕，她將和他像兩條向反方向延伸的線……，不久之後，她的現實生活中將不容易再見到他，她也將永遠失去被他注視的機會了。

想起初相見，似地轉天旋，當意念改變，如過眼雲煙，
在季節變幻的天空裡，你遊遊盪盪不已；
在星月移動的夜空下，像迷迷濛濛輕紗，
我一不小心失去的情感，說來遺憾，
就把我不願想起的過去丟向天際，一覽無遺，不再神祕……。

母親在芙比的悉心照護十年後心肺衰竭安詳地離開了，弗拉到一個離家遙遠的地方，在一種沒有牽掛，絕然悠雅的生活裡，弗拉依照自己的心意讀經，看書，作

畫，已經沒有什麼理由再讓她回來了，她再也聞不到海風的味道，聽不見廟裡祭祀的鑼鼓聲，散步回家時也見不到附近的老鄰居，由夢中醒來天花板的顏色難以辨識，有時侯要醒很久才能確認在那一處天涯海角。

生活的變可能是一種吸引人的新鮮，但太多不得不的改變卻令她惶恐，最深的恐懼來自於為了適應生活而不斷改變的自己，漂浮，陌生，一種無法再還原的過往，漸漸生出堅強獨立卻蒼涼的翅膀的弗拉，每當面對荒謬和冰冷時，她的淚水少了，只有更多的茫然和沉默，瑟瑟的風吹在逐漸變冷的咖啡杯裡，她四處尋找不到鏡子映照她浮雲也似飄浮的心。

偶爾她的思緒會飛回那青春歲月飄揚過的那個城市，但她已很久找不到以前的朋友了，她的記憶彷彿已隨著時間的推移而被退去，新的建築被蓋起來，一幢幢矗立在都市裡，那些書頁泛黃的書和回憶一同老去，有些哲理也過時很久，不再流行。她是一個異鄉人，一個歷練滄桑的中年單身女性，所有家鄉的消息都是家人告訴她的⋯⋯。

之二

有一回我到朋友家中，她兩歲多的女兒正在午睡，

——她一定要這樣睡。

那稚嫩的臉正酣眠於椅墊翻起搭築的「城堡」中，她領我入房，指著衣櫃旁角落的大紙箱：

——有時她也會睡在裡面。

我怵然一驚，此刻的我不正是那個在箱中的小女孩嗎？

朋友的先生好賭，家和公司都由她一人撐起，孩子雖不懂父母的爭執，但藉著紙箱中尋求安全感；而飽經世事的我，也希望永遠是那個十三歲前天真、快樂的小女孩。

放逐自我，得到的快樂是飄浮的；真實面對自己，何等不堪也終將過去。

天使之戀

上課鐘響才坐定，遠離了老師同學，獨自走向洗手間。隱約傳來朗朗讀書聲和水箱窸窣的流水聲，我緩緩走著，有的門內紙張滿天飛舞，有的狼籍一片不忍目睹，我靜靜地等待屬於自己的空間。

腳步落下，推開門，門栓咿呀地一聲，裡頭空無一人，回過身仍然是白色的靜默，關上門，鎖條一端螺絲脫落了，另一個螺絲懶懶地垂掛著，在這微小的空間裡我用力拉緊門把，焦急地舒緩腹部的疼痛，門外巨大的沉靜和我僅隔一扇脆弱、不堪一擊的門……。

汗濕了衣衫，時鐘指針停在三點鐘，深呼了口氣，相同的夢境重複著，正當有人猛力敲門，這道門再也不能庇護時，我驚惶張眼，原來還是夢……。

喧鬧的池邊，銀鈴般孩童聲細細碎碎沿路飄灑，初夏的園中綠草菁菁繁花似錦，夕陽薰染天際一抹抹橙紅藍紫水彩，微暈的路燈映著寂靜，我踩在無人小徑彷彿翻閱一頁頁微黃的相片，每一步履、每一足跡都清晰深邃，近在眼前伸手觸摸卻又成幻影。水源快速道路車如水流，那戴著草帽、腦後紮個馬尾踩著飛輪的輕快身影，龍頭瀟灑一彎，柵欄大門裡等待的眼眸紛碎成相片上的裂痕。我默然回首獨行，跳上公車往公館駛去。

金石堂書店永遠有愛書人流連，我選了本書靠在牆邊，

——嗨，妳好。

我抬起頭，鏡片後一雙誠懇的眼睛，我笑著看他站在面前，他穿著白底淡紫條紋襯衣、淺灰卡其褲，淡淡古龍水香味，神采奕奕地。

——慢慢看，我去忙了。

他點點頭，拿了一疊書快步離去。

〈少女的祈禱〉音樂響起，我們各拎了袋垃圾並行在巷子裡，仍然是那雙誠摯的眼，

——好久沒見，一天竟然見兩次面！他忍不住笑。

——功課準備得還好？我看著那美好的側影。

——啊，可以。

——加油！

我微笑揮揮手，他關了樓梯間的燈，從二樓窗口望過來，慢慢地走向五樓。

媽朝對面努努嘴，笑著遞過話筒。

——嗨，是我。

聽到他磁性溫柔的嗓音，精神一振。

——不知道妳有沒有空，能不能一起去看電影？

——那我問一下我男朋友。我儘量保持平常的語調。

——啊——？

——什麼電影？時間地點啊？

我按捺住笑，想像他哭笑不得的神情。

——星期六日不能休假，星期五好嗎？是奧斯卡入圍影片『慾望之翼』，我看過劇評還不錯，我想女孩子比較偏好文藝片，可以嗎？

像在書店立在我面前，中規中矩地等待答案。

——嗯，禮拜五見！

我打開衣櫥瀏覽，心蹦蹦跳著，竟有幾絲十七八歲情懷。

我該往何處去，那兒才是我的歸途？浸在滾燙水中才能感覺存在，我的腳趾起了水泡，更痛的是看不見的深處，用力揉捏酸軟下肢，君賞賜的贈禮，他想為我換取些什麼覆蓋住現有的記憶。浴室一方空間沉靜溫暖，我的記憶卻如此清晰回到十三歲那天，全身塗滿了泡沫，我拿著刷子刷紅了身體，沖掉泡沫再塗滿，用菜瓜布搓揉直到皮膚脫了一層，從那刻我愛上滾燙的水像熊熊的火燃燒，源源不絕的強勁水注痛快淋漓，讓淚一併奔流，發燙痛楚的身軀是如此安心完美，懷抱這感覺是如此踏實而滿足。

——我現在沒有錢帶妳吃好的，要注意營養，希望妳繼續練舞，學費妳不要擔心。

君約我在小公園見面，我搖頭。年輕的夢虛渺又天真，以為金錢的攏集和感情相依相連，雪花紛飛的金錢是多少人嚮往的代價，我以一夕償得，浮華朝露，青春的幻景如何延續？

金錢流水，根深柢固的心性，豈是身陷泥淖的我能看透呢，如果君自始獲得正常關愛，和循規蹈矩的夥伴一起，如果早些醒悟，也不至於今天這個境地。

——我不想學舞了，把錢都存起來。

——我知道妳縱容我。

他低下頭喃喃自語。

愛是隨心所欲，是自由自在，愛是包容，是無私，是全然相信。

鄉下生活單純，閒得無聊都會小賭一下，君從小跟著二姊玩，越玩越陷越深，如果從小跟五姊一起，現在或許就是另一個君了，我已夢醒了，怎麼來怎麼去，一切付諸水流，什麼都沒留下。

——五姊唸博士唸得要死，教書教得累死又怎麼樣？我簽中了，賺得比她一個月薪水還多。

那倔強的唇曾如此熟悉，我看著那黯然的臉輕嘆氣：

——我不可能再幫你了。

——我知道，我賺的錢都給妳繳學費。

我搖頭，喉嚨好像有些哽住。

——妳先走吧，我看妳走。

怔怔看著我，我緩緩離去，轉入巷子，盒裡的啜泣聲隱隱流出，小女孩抖動著肩膀，她不停地踢腳，周圍傳來堅硬的聲響，她哭得聲嘶力竭，小臉漲得通紅，淚水黏合著漱漱而下的涕泣，沾花了青春稚嫩的臉龐。我摀住起伏的胸口，緊得發疼，鬱結地頂破胸膛不可，我張大口貪婪地吸氣，巨大的石塊橫梗著我的咽喉。她披散了髮在晶瑩的淚光中伸手呼喚，亮晃晃的白晝如黑夜般陰暗，行人如織的街巷竟空無一人，我撒手狂奔，路沒有盡頭，哭喊未曾停歇。

——故事很簡單，好看嗎？

——嗯，我喜歡單純的故事，單純才能打動人心。

電影散場，我們並肩走著，我慢慢說，偉認真地聽。

《慾望之翼》的故事不正是我和君、楊三人的寫照嗎？女主角知道女貴族朋友身患重病將不久於人世，和情人窮記者合謀欺騙女貴族的感情以謀奪財產，女貴族臨終說出其實她早知記者是有心接近她，可是因她愛他，她還是願意將財產留給他，窮記者羞愧地哭倒在她腳邊。最後一幕這對情人雙宿雙飛時，敏感的女性直覺告訴她，她的情人已不覺中愛上女貴族了，她悔憤不平，痛不欲生。

——可以請妳來我這坐坐嗎？

那雙漂亮的眼睛彷彿有魔力，我登上五樓房間，

——透過這些器材，我可創造出千變萬化的曲子。

他觸摸琴鍵，樂聲似早春溶雪細流潺潺，又揚起音符，嬌陽溫潤，萬物私語嘈嘈，曲末大地一片寧靜，沉醉於春的寫意。

牆面的油畫攫奪了目光，我癡癡望著，偉從琴前起身，雙眼滿溢溫柔的光暈。

晨曦穿越樹林潑灑在湖畔，幽深小徑無人蹤影，晨霧氤氳中紫玫瑰盈盈露珠，綻放

神祕氣息。我默然似寧謐的湖面，記憶碎影裡的漣漪浮了起來，紫色是憂鬱夢幻的色澤，陪伴我咀嚼青澀歲月，初嚐人間況味。在他筆下紫玫瑰出塵優雅，

——知道紫玫瑰的語彙嗎？

偉凝住我：一見鍾情，永恆的愛。

我陷入了畫境難分難捨，我的心起伏蕩漾。當兵這兩年，各形各色的人混雜，偉如同歷經了人世。退伍後考試成績不盡理想，他依然不放棄夢想，幼時學音樂的苦澀慢慢在成長淬鍊中化為甘甜的蜜汁，他不止息地釋放心中美妙的渴望，像奮力昇起的燄火，無法遏抑燃自靈魂深處炙熱的激情絢爛了夜空。

音樂所以動人，在於富有高貴情操的作曲家。那渾圓融合的聲音在遠處，在近處，無處不在，會傳到很遠很遠的地方去，他癡狂執著的精神像尊貴獨特的紫玫瑰。

——有一次我看見有人送妳回來，他西裝革履，很紳士的樣子。

——喔，楊先生人很好，經濟條件也不錯。可是我比較重感覺。

我淡淡地，他點點頭轉身，靈巧的手指在鍵上飛舞，他時而閉起雙眼，用心觸覺每一個音符的脈動，時而漾起微笑，醉人的自信洋溢眉宇間。午後斑斕陽光映著青翠的植物，綠葉好嫩，蝴蝶飛舞花叢間，鳥兒在暖暖的微風裡吱吱叫著，我們共處一室無須交談，我閒適地靠著椅墊，耳邊輕繞他的鋼琴小品，一切是如此自然，

我突然覺得幸福原來可以這麼單純，這麼輕易地擁抱。

——恭喜你，你考上了！沒想到我們成了校友，真有意思。

偉靦腆地搔頭：

——怎麼樣，條件還可以嗎？

——嗯？

傻傻看著他。

——那我可以正式追求妳嗎？夢中情人。

他深情款款地：

——第一次在陽臺看見妳，妳高高的、腿長長的、很清秀，當時我有一種觸電的感覺！

我摀住嘴，不敢露出欣喜。

——那天在書店鼓起勇氣跟妳打招呼，心裡緊張死了！

他的耳朵發紅：

——從未交談過，不知道妳是什麼樣的女生？

——那認識後是不很失望啊？

我故意瞪他一眼。

——嗯，感覺跟我想像差很多。

——啊——很多啊？

——是啊，我原本以為妳是一個天之嬌女，高傲不理人，結果我一叫妳，妳笑得好燦爛，我……我差點不知要說什麼。

他訴說著一段段我們擦身而過的往事，笑語迴盪在他的斗室，在那個愉快的下午。

工作、唸書和創作，嶄新的生活充實飽滿，這是偉期盼許久的。自高中畢業聯考落榜，重考再度落第。入伍接受磨練，兩年軍中生涯，數次捱不過的嚴酷艱難都挺過了，豐厚的體驗醞釀濃郁的思潮，青春的精華只為明日燦爛，重返升學戰場的決心越磨越堅，未曾改變。

成為大學新鮮人，往理想邁進一大步，偉更忙碌了，工作間常常燈火通明，直到天光初露，墨色天空由濃轉淡，薄霧依稀中他才沉沉睡去。窗口光亮滅了，我為他垂掛的紫色布簾在軟軟的晨風裡輕擺，像是細語呢喃溫柔相伴。

我拍偉的肩，下了摩托車，

——楊大哥！

我邊跑邊喊，他回過頭，露出意外的笑容。

——你好嗎？我在想如果有一天遇見你，我一定要謝謝你。

我真誠地點頭。

——謝什麼，過去都過去了。

他瀟灑地揮手。人生何處不相逢，有緣一定會見面，我目送他輕快掉頭再過下一個斑馬線，他總是匆碌地步著他的人生方向，不知他找到想要的了嗎？他快樂了嗎？他說過他比我有錢，可是我比他快樂，如果錢能讓他買到快樂，他願以一半的財富來換得。我戴好安全帽，環抱偉的腰，他叮嚀扣好帶子，我想我真的比楊快樂。

——上次我看到妳和一個戴眼鏡的男人走在一起。

我別過頭。

——你怎麼會來這兒？

——我只是想試試能不能碰到妳。

君皺眉：

——我們真的回不去了嗎？寶貝。

曾經為了一聲聲寶貝，流淚流汗、犧牲一切在所不惜。我笑笑：

——你不是常說每個人都要照著自己的鼓點走，當事情到什麼境地，不須回頭留戀，那是沒有用的。

——他愛妳嗎？

——我想是吧，多保重。

向他點點頭，心中一片平靜。

陰暗的偌大空間，潮濕的地面，污漬似要穿透鞋底，頓時感覺襪子黏溼了起來，日光燈閃爍昏白的微光，遠處讀書聲忽明忽滅，窗外咻咻的風聲，我看見地上的水泊泊流動，浸濕我的鞋子，側旁的蝴蝶結沾滿了污泥。

我撫著肚子焦急地找尋房間，有的穢物遍布、有的門鎖鬆脫。推開最後一扇門，我吐了一口氣，關上門，緊蹙的眉心漸漸舒展。

忽然我聽到清晰的腳步聲印在濕漉漉的地磚上，他慢慢地走和著滾動流水聲朝盡頭而來，「喀喀喀」每一步都踩在我心上，我貼在門上聽，聲音停止了，我轉了轉眼珠子，只聽見自己的鼻息聲，門底斜進來鞋的陰影，我屏住呼吸，雙手緊扣住插硝，突然，強有力的聲響撞擊著門，那斑駁、布滿污濁的門被撞開了裂縫，門扭曲變形，眼看整扇門要爆開來……。

——啊——

我失聲叫了出來，時鐘指針停在三點鐘，我拭去汗珠，靜靜地靠著床頭。又是重複的夢境，我深吸了口氣，閉上眼睛又沉沉睡去。

——現在見面比較緊縮，還好我從窗口就可望向妳們家，只要每次想到妳就在對面，我就覺得很滿足。

偉坐下來撫我的髮，深情拉著我手。

——唔，在寫什麼？

——心裡有感觸會想寫下來，思緒浮光掠影，稍縱即逝。

——嗯，妳慢慢寫。

他吹著口哨在外面澆花，高大的背影讓陽光鑲了一道金邊，我靜靜地在記憶間穿梭，不時凝神窗外。

隔鄰院落五層樓高的樟木，葉密遮天，清晨鳥群匯聚，嘹鳴有如天籟；校園鐘響，操場上吶喊、嬉笑聲，彷彿沾染青春熱力；教堂禮讚聲，平靜安和的力量迴盪不已，如茵草地鞦韆輕擺，憶及剛搬到這兒，小女孩央著爸爸在後陽台曬衣鐵架繫個粗麻繩，我和妹妹迎風高盪，驚笑聲引得鄰居探看。

隔壁夫妻同下廚，歡呼絮語，是婚姻中的樂趣吧？斜對棟老太太斑白的髮閃耀在陽光下，年復一年勤洗一家衣物，熟稔健朗；對樓老婦近三年的癡呆症，記憶、生活能力盡失，時哭鬧喊叫無論晨昏，近日聽覺高分貝嗓音似唱女高音般宏偉變幻，中氣十足。

苔綠瀰漫樓下加蓋棚頂，驚喜於四處飄飛的小野花，強韌的生命正亮著清麗承風迎露；樓下陳舊木屐黯然一旁，老婆婆幫傭一生換得的屋內陳設簡單、窗明几淨，款待我的麻糬，餘香猶存，人已杳然。

琴音、鳥鳴、人生百態或是一株小草，這份平淡不就是我的生活嗎？我輕輕闔上本子，閉起眼，聽風的聲音。

透過師長的協助，偉的音樂路迢迢艱辛終種得果實，他即將登上許多人翹首盼望的藝術聖殿——國家音樂廳，深蟄心靈良久、躍動的感嘆將傳遞到人們心中。那沉著的面容藏不住沛然的神情，內斂的喜悅鼓舞奔馳的靈魂遨遊飛舞。

偉在玻璃門外比劃，進來坐在一旁目不轉睛盯著。

——妳優美的線條真的很適合跳舞。

我笑著和他步出教室，他捏我的手：

——對了，我們全家都辦了移民，可能畢業時就會去報到，妳想不想去美國？

愛憐的眼神在我臉上悛巡，我思緒有些凌亂：

——如果有一天，你知道我不完美，你還會喜歡我嗎？

他抱緊我撫著我頭：

——妳是天上的星星，永遠閃亮無暇，我想跟妳生活在一起，今生今世。

老天啊！偉才是純粹無暇的星辰啊，他是如此單純善良，現在被他緊擁入懷、情竇初開就戀上的人已被世事淘洗琢磨過啊！她蒙上自己的眼在晦暗的道路攀行，璀璨的外衣下，一路的冰霜雨雪仍深深地插在內心深處啊！她還能妄想飲餟初始的一壺甘露，和心儀的人舞上一曲美好嗎？她的家園只是當她出了趟遠門，卸下一身疲憊返回溫暖的依靠，他們仍愛她；可是那似熟悉卻陌生的偉呢？他心心念念魂牽夢繫的人呢？她還是她嗎？還是那個純潔的靈魂嗎？還是十三歲前那個天真爛漫的小女孩嗎？

音樂發表會後，偉陸續地將創作投遞往唱片公司，始終滿懷信心的音樂路一再受挫。我鼓舞他堅持前進，執著無悔。

他的臉龐略帶灰黯，鬍渣湧生，他低下頭，微細地吐出：

——妳怎能如此愛一個人？勝過我愛自己，妳如何來的堅強勇氣？

我也曾一度自棄，懷疑自我，直到遇見你，才發現縱然流離凋零，仍未喪失愛的能力，這份毅力是奇妙、難以抗拒的，似乎是與生俱來，在情感潤澤下與日俱增的力量，心中對愛的憧憬、愛的渴望沒有一日減去。愛讓人不會老去，點燃源源不絕的熱烈，是你映照我心靈光亮剔透的火種的啊。

——偉，終於找到你，這禮拜我們去看電影好嗎？

——最近期末考很忙，要做模型交報告。

他平靜地。

——這個月很少見面，你都很晚回來，一早又趕上班……。

——過一陣等忙完了，我們再見面。

喀地一聲，偉把電話掛了。我望著五樓，那熟悉的身影對我微笑，好近似又遙遠。

她緩緩走近，與其說平靜不如說充滿了壓抑，那張臉的表情融合了焦慮和憂傷，我靜靜凝望著，彷彿那眼神深處蘊藏著豐富感情而容易受傷的單純。她輕輕伸出手，手掌上躺了一排淡藍錫箔片，一粒粒突起的小藥丸反射出刺眼的白光。

——妳能告訴我，這是什麼嗎？

語氣似蕭瑟的秋葉，無聲地墜落溪水，不知漂往何方？雨絲夾冷風颼颼而來，我飄向窗外緘默著。

一撮灰白的髮拂在額前，她撫了撫臉龐，手指從皺褶間掠過。

——妳不知道女孩子婚前守住這一關，比任何都重要嗎？

——我早就不是妳心目中的乖女孩了！從十三歲就不是了！

——啊，妳說什麼？

她的眼恍惚迷濛。

——從那天放學遇見那個人，我的人生已經完全改變了，妳知道嗎？

我淚流滿面。

——妳……說的是真的嗎？

她流下了驚愕的淚水，我終於潰堤：

——我多麼希望它不是真的！

——怎麼不說呢？

——說了只會讓人難過，不能改變事實，回到從前，不是嗎？

她走過來抱住我，撫我的頭，我環著她的腰，臉貼在溫暖的腹部放聲大哭，將這許多年來的委屈一併流盡。

——妳比小三出國留學還了不起，妳知道嗎？

淡淡的一句，心中的迷亂似霜花隨風散去，冷冽的風再也襲不上心頭。

他慢慢下樓，在二樓微頓了一下，窗格裡透出凝重的神情，屋簷下的身影遲疑地伸手，電鈴響的同時我的心抽了一下。他來了嗎？還是心心念念、不曾忘懷的那人嗎？他終於吐露真情了嗎？

一封透綠的信箋躺在信箱，我急忙打開門，流漣的眼神伴隨著偉高大的身影消逝在巷子盡頭。

那天妳睏了，看到妳翻開的札記，像小說一般，我欲罷不能一口氣讀完，是那麼真實又殘忍，如刀劃在我心上。

我從情竇初開的少年就欣賞妳，如今美夢成真，妳是一個應該讓男人捧在手心呵護的女孩。《桃色交易》電影中，黛咪摩兒為幫丈夫解決困難，接受勞勃瑞福的一夜情條件，交換一百萬美金。每個人都覺得黛很愛丈夫，可是對男人來說，我寧可犧牲自己，也不願深愛的人受傷害啊！

若為了一個喪盡天良的賭鬼遭受凌遲、拋不開糾纏，請讓我靜靜地陪伴，等待妳內心平復的到來。

深愛妳的偉

捏著滴落淚痕的信紙，呆滯地望著對面窗口，以為抵達停泊的港灣，不要再漂流了，錨深深地沉於海，就在此停駐吧！不再揚帆，歷盡風吹日曬驚濤駭浪。淚無聲地滑落。夜無邊襲來，昏黃的燈光映著椅背中迤長的人影，貓對斜傾的黑影咪嗚著，柔長的毛來回摩娑，寂寞嗎？撫著那溫軟身軀，她不語，只用碧綠的雙瞳幽幽凝視這片深深的寂靜。

——媽，我想補習。

——趁年輕多充實自己，申請東岸的學校和小三作伴也好。

——我想往西部，天氣比較好。

——主要出國多看，慢慢來不要急，不要放棄也不要太勉強，知道嗎？

我點點頭，眼睛有些溼糊。

——怎麼了，是不跟偉吵架了？很多事要自己去體會，時間過去，很多事會越來越明朗，告訴你們什麼該做不該做，如果你們不聽就自己去撞得滿頭包，有時是後悔莫及，因為妳會付出很大代價。

她溫柔堅定地：

——妳作任何決定，媽都支持，但不要三心二意。

我吸了吸鼻子，眼睛又朦朧了。

我在書店看到父親學生的著作，封面印有父親的推薦，那位學生在外地教書，不及送給老師一本，恰好旁邊也是他喜歡的書，我一併帶回。

晚飯後，他點了燈、泡杯茶，照例安憩在躺椅，閉目養神一會兒，再重溫昔日讀過的散文。

——爸，這送給你。

我悄然走到他身後，父親轉過頭，接下我遞上的兩本書。他靜靜的看著它們，我想內斂寡言的他可能就是靜默地收下。

——那我要送妳什麼？

我坐在側後方距離，父親無法察覺我欲淚的激動，只聽見我小小的聲音：

——你不用送我。

時光飛快，赴美的日子來了，母親領司機先提行李下樓，我走進父親房間，他在寂靜地黑暗、窗外投射進來的微光中，雙眼迷濛地坐在床端。我輕喚：

——爸，我要走了。

他看著我，緩緩起身，清理一下面容，隨我出房。

他將兌了錢的軟袋移向我的前方：

——帶著，急用。

我壓抑住心中洶湧：

——爸，我有，不用給我了。

滿懷起伏的情緒由喉間費力地釋放出，因為我深知這是不擅言辭的他所能表達所有的愛的方式。我轉過頭，離別的愁緒令我不敢再望向那已慢慢衰老的雙眼，他走近握我的手，六月的盛夏，略顯瘦弱的身軀有著冰冷的雙手碰觸著我，我不禁一顫，這是我第一次碰觸自小最疼愛我的父親。

他目送我下樓，走了兩階，我忍不住回首再看看那不捨的影像，他就一直立在那裡，一直專注地看著心中深深的牽掛即將遠行，我舉起手輕擺，讓那幅慈愛的圖像印記在腦海深處。

朋友出國推辭家人兌換的金錢，我卻寧願讓那父親準備的一張張小額紙鈔躺在裝妥的小絨布袋裡，伴我飛越千山萬水追尋夢想。

——東西都帶了，要不再檢查一遍。

媽陪我到機場，我提行李下樓。一年了，我躲在窗簾後看著偉消失在巷子盡頭，他似乎有意望向我，只一會又將眼神移開，好像我們已全然陌生，只是單純不過的鄰居。車緩緩接近，行囊備妥。

——走了。

媽拍我，再見了！我抬頭輕聲地。

步入出境大廳，我四處張望，有的家人簇擁著旅人話別，有的親人互擁久久不捨。母親華髮漸疏，依依的臉龐，她牽掛的女兒也即將離去。

出關時我抱住母親的身體，握著她的的雙手，輕聲一句多珍重，我轉過身邁開大步，深色的玻璃掩不住熱切揮別的手，拭去淚水，滿載的愛足夠我在異地摔倒碰撞，夢圓了，他們為我欣喜，失落了，我仍然回得永遠歡迎我的天堂。

機窗外故鄉的山河越來越渺小，我打開筆記本寫下這封信：

——爸，您將一生都給我了，還要給我什麼？而我卻什麼都不曾給你，您和媽一定要平安快樂地等我回來。

童年往事

媽懷我時吃了安胎藥，

——全身都是毛耶！

父親捧著全身毛絨絨的我，直呼生了一隻小猴子。我的體弱多病讓他們奔波在辦公室、醫院間，外公幫一手還另請了素蓮姨分擔家務。他們忙時怕我跌跌撞撞，就將我裹得厚厚的綁在椅子上，餵食以外常常一整天說不上一句話，在我三歲張口迸出第一句話後，全家才放心沒有生了一個啞巴。

幼稚園裡我學會了數數、注音符號、看鐘、摺紙，結交了彼鄰兩個好朋友，初嘗人間美味：生力麵的滋味，那橘色杯碗盛裝著香味四溢、熱騰騰的湯麵，是最振奮人心的點心。

中午校車將我和妹妹送達家門，外公帶回哥哥後就伺候我們吃飯。頑皮的哥已上小學，午睡時他率先摸進外公褲袋，在他酣聲呼呼中拿了些銅板溜出門去。我有樣學樣也湊些子兒到雜貨店買些糖果、冰棒到附近同學家玩。

商人之家的氣派華麗對家境小康的我充滿新鮮感，大方的林同學拿出糕點、玩具招待宗怡和我，三個小女孩玩得不亦樂乎。每當牆上的咕咕鐘在三點奏起音樂，我就必須捨下各式琳瑯滿目舶來貨，快步跑回家——只是並沒有把我的鞋子落在如同皇宮的同學家中。

畢業典禮上，爸幫我們三張傻忽忽的面龐合影為初學生涯劃下句點。

我出生就得黃疸，上呼吸道又敏感，扁桃腺特別容易發炎，經常高燒四十度轉成肺炎。小一時感冒引發腎臟炎，終日血尿須住院休養。出院後重拾課業絲毫不影響我優異的表現，期末成績單上請假時數為五十天但仍是全班第一名，評語欄為「品學兼優」。

復學前媽帶我去拜訪在林森北路巷弄裡的陳醫師，黃白相間的公車，胖胖的肚圍，我坐在長排對坐座位上，夜色襯著街景喧嘩，媽拿著傘，雨水沿褲管滴在她的鞋上，她的褲腳一片水漬，我抬頭看她閉目在人群中搖晃著。陳醫師俯身看著我，特別叮囑不能勞累，腎病需要靜養，離開時摸摸我的頭。

小三我開始參加作文比賽，遲到進入考場，懵懵懂懂塗鴉「電視」這個題目，竟然拿了冠軍，爸覺似乎「後繼有人」，更不吝買精裝故事書、高級鋼筆和各類文具，「工欲善其事，必先利其器」是印象中會的第一句那麼長的「成語」。

四年級的書法比賽、壁報繕寫、同學爭相幫老師抄黑板之事，導師都交付于我，

——就是身體不好，可惜了。

她欣賞著我完成的作品，滿意又心疼地說。因為身體的關係，可以躲掉大太陽下升旗典禮和無聊的跑步打球、可以在空無一人的教室學老師寫黑板、課桌椅默然陪伴我聆聽窗外的風聲鳥語。同學回來後問我一個人在教室無聊嗎？其實除了郊遊遠足，媽怕我不能負荷嚴格禁止，我有些失望外，獨享寂寞還是我從小養成的好習

慣呢。

五年級最後一次分班，一個成績維持在前五名、畫畫比賽常勝軍、田徑隊跑起來像風一般的大眼睛男孩和我同班，我們之間的互動僅是體育課時，他將錶慎重的交給我保管，放心地似風般消失在教室門口。

六年級時很流行玩一種算名字比劃配對機率的遊戲，風靡全六年級十五個班級、功課好、漂亮的小女生的大眼男鄭同學，竟被人在筆記本上發現了和另一個名字的配對，她們遍尋這個幸運兒究竟是誰？當發現是功課好但相貌中等的我，鄭大美男子不但不撇清避諱，反而大方的採取明確的舉動。

午休時全班趴在桌上小憩他獨醒，我抬頭時對上那深情的眼眸；專題討論時我們編為一組，聒噪不休，老師要調整組員，

——我要被調走了，妳有什麼感想？

他誠懇的凝視我：

——我跟妳坐總比別人跟妳坐好吧？

他的眼似潭水，我不敢看他，是怕離愁吧。

第二天老師竟未更換任一組員，不知是什麼力量改變一切，從此我們的心好像又拉近一些，他更肆無忌憚出現在任何地方，我在走廊上和同學談笑，他悠閒地靠

著牆靜靜在對面欣賞著；步出洗手間也瞧見他遠遠望過來；到處打聽我的心上人是誰？或激動的逼問我究竟喜歡誰？一個平凡的小女生被俊俏的小男孩攪得芳心大亂，每天上學竟成為快樂的事。

小學六年平均成績第一名、史無前例兩度當選模範生的我，竟因最後一次考試失常，跌落畢業生受獎名單之外，老師的詢問，我也說不出所以然。畢業典禮中，我呆呆地看著平日被我遠甩於後的同學興高采烈上台領獎，大眼男仍穩坐第五名寶座，他過來問我唸那所國中，我悶悶的回他：不知道。他在我臂上輕搥了一下，從此結束了純純的初戀。典禮後全家合影留念並上館子吃大餐，爸特地買字典鼓勵我，那封面暗紅、字體燙金的寶貝一直陪伴著我。

初解人世

媽為我和妹妹遷戶口進名初中，入學時，我頂著西瓜皮爆炸頭，白衣藍裙拖著大黑皮鞋、大書包，顫顫兢兢接受分班測驗，糊里糊塗分配到好班，選舉幹部時，旁邊的同學提名我為學藝股長，大家看我活潑竟高票通過，我興奮之餘也感責任沉重，我卯足勁集合美術、文字人才，全力準備壁報比賽。

當時導師教英數為好班，教理化是普通班，教其他就是後段班了，衣容修飾的王老師的嚴格要求下，為我的英文奠下基礎，第一次月考滿分的喜悅產生了榮譽感，驅使我下功夫保持好成績。

而小學底不錯的數學在遇見「因式分解」一蹶不振，第一次月考後終生與及格絕緣，其他有成就感的科目讓我傾注全力，漸漸地數學離我越來越遙遠了。

強手雲集的班上我經常是倒數幾名，但參加作文比賽優異經驗使我開始接觸報紙藝文版，大華晚報青少年專欄刊出第一篇「晨遊」時，我喜不自勝地把在樓下聊天的媽硬是喊上來。此後每當思緒飄零時就攤開稿紙藉著文字整理心裡，慢慢瞭解自己。

隔壁戴著眼鏡的同學早熟帶些神經質，一天我們聊著聊著：

——唉，什麼是性啊？

——妳不知道啊？

她摀著嘴噗嗤笑出來：

——就是男女間的事嘛！

我歪著頭，等待著答案。

她漲紅了臉抬抬眼鏡：

——以後再告訴妳。

鐘響了，起立敬禮、書頁翻落聲中淹沒了這一次彷彿屬於外太空探索的第三類接觸。

初春三月，國一寒假過後，我走在放學路上，一個拍肩，我應聲回頭。

——同學，請問某協會怎麼走？

頭微禿、白襯衫外套頭毛衣、米色褲子的中年人。

我心想順路，到了巷口，我指向目的地：

——就是那兒。

他並不關心原先詢問的去處，反而要我跟他一起進入對面一剛完工的大樓，迷迷糊糊到了高樓，他表示自己是學校健康檢查的醫生，親切地問我們班輪到了沒？

我搖頭，他拉起我的手說：

——好，今天先幫妳檢查，我給妳蓋章的證明，到校就不必再檢查了。

他將兩人的外套退下，拍拍一旁工地臨時搭製的桌子，要求我撩起衣服躺下，他說了訓導主任及一些老師的名字，我還半信半疑地他已用嘴巴堵住我的，小說裡一陣天旋地轉的初吻我體會到了，只是沒想到竟不是我想奉獻的人。

他對我所作的都「師出有名」，聲稱是邁入青春期的正常檢查，雖然第一次在異性前坦露深覺不自在，但因著他在我耳邊「心理建設」：

——當著醫生褪衣檢查，總比在學校旁邊還有護士、同學那麼多雙眼睛盯著妳好吧！

我只有硬著頭皮聽「醫生」話，一心只想趕快檢查完，領到那張「證明」。

在一個無知的童體反覆地試探撥弄，他濃重的鼻息噴在我臉上，喉間喘著不解的囈語，過了不知多久，他命令我脫下內褲，我不肯，他嚴肅地表示是最後一項了：

——妳不想早點回家嗎？

我順從地接受他最後一個命令躺平，他忽然拿起我的外套蓋住我的頭：

——躺下不准看，乖。

我揭開外套，幾番起身想知道他在做什麼，只見他指間忙碌邊安撫著：

——忍一下，馬上就好了。

他不停地深入擦拭我的下部，伴隨而起異樣的酸，我不耐地縮起腿：

——我不舒服，我不要了！

我生氣地踢腳。

——快好了！快好了！

急促聲中他拉下拉鍊，掏出了我曾打開哥哥抽屜，不慎看到的色情書刊裡的男性生殖器，我一驚，大叫：

——你要作什麼！

立刻跳下桌，穿上衣服，羞憤地甩開「假醫生」糾纏的手，拿起書包往外衝，疲憊的我一心只想奔回家。

我死命地按電梯鈕，顫抖的雙手扣不住鈕扣，好不容易對上了外套拉鍊正要拉上，他頭髮凌亂、兩眼無神，從房間衝出來，一隻手抓著提包，另一隻手緊抓住我不放，我不停地撳著下樓的按鈕，樓層指示燈卻無情地在六樓停住不動，我拚命的踹他，他淺色的褲上有污濁的印子。

——跟我回去，跟我回去。

他口中唸唸有詞：

——我不會傷害妳，乖。

夕陽餘暉映照他白淨的臉幾許風霜。

——放開我！你這個討厭的色情狂！

我嫌惡的怒吼，用全身的氣力瞪他，中年人微驚了一下鬆了鬆手。這時樓層燈往下到一樓後快速的朝十二樓而來，我奮力掰開那隻汗溼的大手，電梯門一打開，我噓了口氣，大步跨進通往自由的入口。

逞著殘餘雄威的他突地撲上前抱住我，我愣了愣，用雙臂頂著電梯門絕不讓門關上，我扭轉身體掙扎，想到曾看過一部電影，用右腿狠狠地往後一踢，他「啊」地失聲放手，再補上一記，猛踩了他一腳，衝進電梯，一樓的燈亮了，

——不要走！

他沙啞的聲音從喉間擠出，那褐色的、厚實的門終於將那失望、疲累、氾著些許蒼老的臉從此隔絕在我的世界外，小小的空間裡，急促的心跳和喘息聲伴隨我，鏡中蒼白茫然的臉熟悉而安慰，我知道自己活著，這比什麼都好。

水很熱，水流很強，我用堅硬的刷子用盡力氣想洗淨被欺騙的羞辱。走出浴室，我跌坐在床上，看著洗刷成熟蝦般的身體，摀著痛楚，我告訴自己絕不哭，要保守這個祕密到永遠。

國二開學，我高高興興地走進教室，正和鄰座談天說笑，老師拿著名單走進來，鴉雀無聲中宣布了分班消息。驚訝聲中我背起書包隨著人群進入隔壁班，班導黃老師的和藹可親撫慰不了我愕然的心，一堆被世界遺棄的可憐蟲聚在一起相依為命也彼此嫌惡。

一班之隔竟如墜入萬丈深淵，不會唸書的孩子就註定鞭入十八層地獄，她們的天賦或在美術音樂體育其他方面，但像垃圾般堆在一起由其自生自滅，我知道自己

不屬於這兒，但也出不去，只有保持好成績——其實很輕鬆，因她們都放棄課業了：有些是要幫忙家裡作生意，比較幸運的是家境好，可唸私立高中或出國唸書，最可憐的是資質愚頓、人際關係不好又看不出任何專長的同學，在班上像幽靈飄進飄出、無聲無息，讓人根本忘了她的存在。

比起「太妹班」，我們班都只是靜不下來唸書的玩匠罷了，在她們眼裡書呆子的我被帶入花花世界開開眼界：西門町看電影、逛萬年大樓、「小香港」繽紛可愛的舶來品店、一群人嘻嘻哈哈擠在MTV包廂裡歡享滿桌零嘴，大螢幕身歷聲音響、傻瓜似地在白雪冰宮被拖拉著像嬰兒學步，每每跌得狗吃屎，她們輕快滑過的優美身影，真讓人大歎讀書無用。

第一堂化學課，老師走進來，我整個人呆住了，整堂課我定定的盯著這個一輩子難以忘懷的，頭微禿、微胖的中年人，他神色自若，看不出任何不尋常，他並未注意到我。往後整學期，只要有眼神交會的機會，我就是死盯著他不放，期待他能有一絲絲的不自然，我都會解讀為歉疚、羞愧，但，我失望了。

在一片盡情嘻鬧氣氛下，我必須按捺住活潑的本性保持好成績，證明自己還可以作些什麼，從課外書中開啟另一番視野，重新尋獲存在的目的和價值。當國文老師粉筆落定，四周哀鴻遍野，我已經開始醞釀打起草稿，作文課無疑是我最喜歡的一堂課，那兩不相認的數學公式符號座標遠拋腦後，理化只求及格，全力進攻可幫助我得分的文科，每一次月考都全力以赴，國三我被編入普通班。

好班生成熟世故，在課業成績上錙銖必較；放牛的孩子懵懂茫然，浮萍飄零；我在最後國中生涯交到了互相鼓勵的同伴，淑媛，希明、宜樺，我們「四人幫」課業程度相近，常相偕上圖書館，淑媛數學最好，會指點我，大方明快的個性和直爽的我相合；希明是四人中最積極努力的，後來大學聯考成績也最優秀，宜樺家境富裕，個性悠哉悠哉，有時恍神，會透露身為小媽女兒的心情，放榜時我們都考上心儀的私立女中，互祝前程美好。

青春年華

遼闊校園中，眺望山之巔、水之涯，白上衣鑲著荷葉領、天藍色裙子的身影在相思林中追逐、穿越；累了，憩息石桌石凳、地上突起的樹根，談天說地聊夢想；餓了，將偷渡夾帶的食物擺滿桌直到鐘響才慌忙收拾殘局，飛奔進教室。初時山上的家爬來氣喘吁吁，不久腿力練成，可跑坡還邊嬉鬧，教官總在經過身邊時：小姐，妳們是女生耶。地百般提醒，這時我們就故作端莊，等那綠色的身影一消失，我們立刻爆出更石破天驚的聲音。

教會女中注重語文，英文一科就有六本課本，老師無不卯足勁教學。我每次月考除英文稍佳，數學放棄，其餘科目皆低空飛過。貴族學校的學生，家世優家境好，注重裝扮功課棒，聰明漂亮又驕傲，中等家庭成長的我還是有兩三位好友，一起唸書玩樂聊夢想。

教會學校規矩多並獎勵告密，穿校服和男生走在路上，和男校郊遊都逃不過教官的眼線，我們只好出了校門，四下無人時對男生品頭論足，盡情討論；但年輕的心是按捺不住的，再小心翼翼交換心得、竊竊私語，總還是會傳到老師耳裡，老奸巨滑地採各個擊破式問話，稍有不慎就會突破心房而全盤招供。

時光匆匆，歡樂不停留，數學未達最低門檻，想當然爾補考只是志在參加，上帝也幫不了我，成績發佈那天接到通知，到校辦理留級或轉學手續，平日愛「關心」我髮型的教官詢問我的去向，我聳聳肩。

我獨自上山，船艦建築物大落地窗，明亮的餐廳裡，各年級學姊妹共享菜餚、飯後點心，犧牲午休輪流清餐桌洗餐具；順著「大學之道」下來，聖誕節的百合花遊行、大禮堂的彌撒唱聖歌；石砌的烹飪教室傳來手忙腳亂攪拌聲、嘻笑聲和沙其瑪、海綿蛋糕、小鬆餅的濃郁鮮香；音樂教室裡熱情高昂的音樂老師，考試時讓我們清唱自選曲目，流行、民謠、抒情完全不拘；早晨升完旗，大腹便便的體育老師賣力嘶吼，帶操動作遠大於台下這群睡眼惺忪的早起兒；臨淡水河大操場上一年一度校慶園遊會、歡騰的啦啦隊比賽和大隊接力。最後我立在聖母像前靜靜凝視著她慈愛的面容，轉身踏入了教務處。

——留校一年，再試試看。

我不理會主任、教官的勸說，道聲再見，我搭上往台北班車，靜默的觀音山漸漸消失在窗外，淡水河的風拂揉著臉龐，再會了，我心愛的學園。

我轉了離家近的普通高中，這兒雖無好山好水，但校長辦學認真，一點不輸被掃地出門的教會學校。但言者諄諄聽者藐藐，彷彿又回到國二那種放逐的生活，在一群沉迷化妝、逛街、買衣服、下課坐在男朋友機車後座呼嘯而去、忙打工賺錢、不知唸書為何物的頹廢氛圍裡，我靜觀默守一己，我希望考上大學，那是我唯一的路。

雖然以第一名畢業，仍不及聯考標準，重考時我捨棄補習班選擇自己唸。小美單純憨實，她選擇就業，工作之餘介紹我認識了她的表弟浩，酷似《雙面諜》影集裡那健碩迷人男主角的浩站在面前時，兩人雙雙墜入情網。我們同時準備重考，內斂寡言的的他喜歡聽我說話，羞澀的個性受我的影響漸開朗活潑，初戀相伴舒緩了沉重的壓力，放榜時我並未輸給教會學校畢業的同學，反而是她們不相信，竟然會在大學校園遇見那個數學死當被踢出校門的我。

脫離了惱人的學科卻擺脫不了考試的夢魘，惡夢永遠都是全班就我不知要考試，四周振筆疾書，眼看要收卷了還寫不出來的冷汗直流。

考上設計科系的浩課業繁重，除了趕報告，還得回中部探望獨居的母親。每當我看著別人的男友含情脈脈守在校門口，我常幻想如果他也在那人群中給我一份驚喜，那該有多好，那怕是步行，我都願意和他走長長的路，一起搭公車，彼此依偎，再顛簸擁擠都是甜美的。而這單純的夢想始終是個夢想，直到畢業他都未曾出現在夜色如墨的下課後，牽我的手並肩在皎潔的月光下。

每年暑假，我一定帶著行李住在浩苗栗山裡老家，那是我們一年中唯一相處的時光。晨霧未散，山嵐繚繞，我們會往山上瀑布，脫了鞋、捲起褲腳，朝陽映著他寬闊的肩、厚實的胸膛，他牽著我步行在水流激濺的石頭上，瀑布沖刷巨石匯成一潭幽綠，山裡的孩子個個擅泳，從平如溜滑梯的巨石俯衝而下，由潭底一躍而出，笑聲迴盪山谷中。

——我小時候就是這樣，和表兄弟玩上一整天。

他捏我手心輕笑著，我緊緊抓著他粗壯的臂膀。我喜歡環他的腰騎摩托車兜

風，讓大手牽著我尋幽冒險，只要兩人一起就是天堂。晚飯後，我們坐在連接山谷的大吊橋上，

——怕不怕？

他轉過臉來，我搖搖頭，一望無際的天空綴滿星星，夜是如此沉靜，鄉間的寧謐，天地間似乎只剩我倆，美得只聽見彼此的呼吸，他長睫深黑的眼薄薄蒙層霧：

——再看一眼，明天就要走了。

他輕輕吐出，像說給自己聽，我緊靠著他，希望時間永遠靜止在此刻，再多聽一聽他的話語，深深地記住今晚。此刻一對深邃的眼再也禁不住離愁了，緊握住我的手，唇溫暖地覆了上來。

大學四年級中秋，他留守宿舍趕報告，

——中壢的月比較圓喔。

他微笑暗示著。我們探險無人的郊外，蘆葦迎風發出沙沙聲，我緊挨他，強壯胳膀擁我入懷，我貪婪地嗅聞他的味道，月光輕灑，夜色襯著青春熱火熊熊燃燒。

第二天一早室友都回來，大伙正說說笑笑準備朝會，突然舍監巡房：

——誰還在睡？起來升旗了！

他朝我床鋪喊來，我一驚正要起身，已聽見浩的聲音：

——那是我朋友。

——身為上屆宿舍總幹事，難道還知法犯法，留宿異性友人？

舍監嚴厲的語調中浩依然保持鎮定：

——我們昨天才住了一晚，等一下就要送她離開。

——她在唸書嗎？那個學校的？我要通報她的學校，留宿男舍要懲處！

舍監緊追不捨。

——她沒唸書，我現立刻送她走。

浩護我出宿舍跨上車，我坐在那寬闊的身後，風吹散髮絲黏和著淚水，緊貼他的體溫，怕是最後的相依，迎來的風霜雪雨，我都無法分擔，他全為我擋了。

鬧得全校皆知的「中秋之禍」，一個「留宿外賓」的罪名，讓一個連續四年任班代表，學生會主席兼兩屆宿舍總幹事的好青年，我親愛的浩，必須接受自動休學當兵，退伍再復學的無情懲罰，全班連名簽署抗議書，罷課抗議都再再改變不了校方一意孤行的決定。

浩的認命沒能帶來好運，他抽中外島，因體型優異入選特種部隊，他無法像同學無憂地唸書，畢業考預官，原本順遂的人生從此改變。我再沒有收到隻字片語，聽到他任何聲音，只是輾轉從小美口中知道，他母親非常不諒解我，帶浩去算命說沖到狐仙，認定我就是那個害人的狐狸精。我每天起床，望著牆上的鐘一分分的過去，我的淚一顆顆掉下來，媽喚我上學，我只是一遍遍注意郵差的蹤影，又一次次失望。

大學最後一年我在大型服飾店工作，認識從美回來自行開設公司的大衛，離異單身的他渾身散發自由美式風情，他想嘗試開店，希望能找到幫手。車在寬闊的街道一家咖啡店前停下，臨街大面玻璃灑滿陽光，他開始規劃設計，衝著之前作過三個月餐廳老闆的經驗，我接受了pub店長的職務。他常帶我去晚餐消夜，開朗健談的性格和浩完全不同。

就在我和浩失聯屆滿兩年，已漸漸放棄希望時接到浩的來信，顫抖地拆開封口，我的心快跳出胸口，那再也熟悉不過的字跡模糊了雙眼：

> 我已退伍，目前打工存學費，現無心力也沒時間談感情，當兵這兩年我身心俱疲，受盡折磨，遠非別人能想像體會，但也讓我痛定思痛想通一些事，人生還是專心做好自己的事，兒女情長隨風而逝吧！

你所受的一切不都是為我嗎？如果我不能體會又有誰能體會？如果那晚我沒有

去，如果我沒留宿一晚，如果我早些起床離開，如果，如果，一萬個如果都挽不回我們的感情，我在心裡一遍遍吶喊：老天爺！為什麼浩不肯原諒我呢？難道要用失去他來懲罰我嗎？我撫摸那珍愛的字跡，仔細地封藏起來，糾疼的心，已流乾的淚再度泉湧而出。

某晚店打烊稍早些，大衛來接我下班，

——想不想去走走？

看著他誠摯的雙眼，我點點頭，帶我到一個可以忘了浩的地方，不管天涯海角吧，為什麼所有的美好現在卻變成那麼痛呢？我別過頭，山下萬家燈火，天空繁星閃爍，誰能告訴我答案，誰又能聽我傾訴呢？淚靜靜地滑過臉龐。

——盡情哭吧。

他靜靜地在旁，空氣中只聽見我啜泣的鼻息聲。

晝夜顛倒的生活，我精疲力盡地維持半年後，力薦吧台阿傑出任店長，阿傑小偉小飛一幫夜貓子上起夜班虎虎生風，聰明反應快，絕對可堪信任，我向大魏致歉並感謝半年多來的照顧，他握了握我的手：

——很高興能認識妳，再聯絡了。

畢業在即大家都很認真尋找出路，小有積蓄下我報名了模特兒培訓班，認識了一群外表稱頭內心空虛的人：有的想找異性朋友、有的想拓展生活經驗、也有想廣結善緣、為自己多找些客人的星期五餐廳的公關，當然也有如我般正摸索著未來的，我和其中一位留著長髮的紳士蠻談得來。

弘文像極了日本明星阿部寬，笑起來兩頰深陷的酒窩，高大陽光又紳士，讓人容易親近，在一群美女學員中我的活潑開朗引起注意，除了翩翩君子弘文、空中少爺世凱、大學生明洲、帥氣俊美的星期五公關亞宏都向我提出交往的要求。

我選擇和弘文接近，他善良單純、個性明亮，我很明瞭他對我的好感。他外形出色，獲得走秀和拍廣告的機會，我走平面不夠亮麗，走舞台又不夠高，中途被刷了下來。同期學員為我特舉辦北海夜遊歡送會，恰好隔日弘文在白沙灣接受救生員訓練，他提議夜遊後可同往白沙灣，難得大家興致好，瘋一夜也無所謂。近清晨，大夥兒累了、散了，我隨弘文往沙灘。

——一個人可以嗎？

他頂著豔陽挑起眉。

——嗯。

我點頭，他奔跑歸隊，深陷的笑窩回頭看，我比了個ok，揮揮手。坐在白淨沙灘上，海浪一捲捲湧上來，泳將們驍勇地迎著浪頭，浮沉間模擬救人的任務，高大的弘文在海的懷抱裡是艱辛又渺小的，我的目光集中在那一小丁點，不曾離去。

曬得紅通通的臉，他上岸喘著氣，

——哦，女朋友喔。

一群學員呼嘯而過，擠眉弄眼故意撞他的肩，他靦腆地瞥我一眼：

——同學很可愛。

踩在軟軟的沙灘，海風拂面，一群二十歲上下的大孩子從嚴厲的受訓後解放出來，追逐嘻鬧，笑聲震響，我不禁也跟著輕快起來。

生命洗禮

——妳一直站在那裏，妳想游泳嗎？

我參觀弘文救生員結訓典禮，在水中教學的君走向我。

——我不會游。

我無奈地立在池畔，張望標準池裡那一群水中蛟龍。

——想學游泳嗎？

他認真看著我：

——妳想學就隨時過來，我每天都在這裡。

——我很怕水，不會喝到水吧？

我小心翼翼看著他。

——怕東怕西，妳很難款待哦。

他瞪大眼睛，我不好意思地吐吐舌頭，從小淹死的夢魘一直纏繞我，我嚮往碧綠的水波卻不得悠遊其中。

第二天君氣定神閒坐在救生室入口，手裡拿著張紙靜靜地看我走近。

——林教練你好。

我向他點點頭，從更衣室出來，忐忑不安得挪向池邊，豔陽曬得他結實的體魄黝黑發亮，炯炯有神的雙眼，挺直的鼻樑下倔強的雙唇。

運動員出身的他引領我體會運動後的舒暢快意，他懂我、疼我、對我訴說人世。我們共同游泳、上健身房、郊遊踏青。他收入不穩又嗜賭如命，大部分收入來自於賭，以賭養賭的結果是負債大於收入。

他喜滋滋地：

——妳看這幾個號碼，碰碰我手臂，那一個比較好？

我將溼溽溽的泳具收妥，疑惑地看著他遞過來的紙，上面有兩三組號碼，腦海中飄過報紙、雜誌上報導多少人為此傾家蕩產，沒想到現實生活還真有人在玩。

——三十三、二十八。

我瞥他一眼隨口說。

——好，天靈靈，地靈靈，祝我中！

迥然於教課時，威嚴的外表竟包覆著不羈的心。

——中了！中了！

剛在池邊夾了一百次蛙腿，我疲累地踱進救生室，他壓低聲音，向我使使眼色。他訂了最上等的餐館，拱手作揖的將我奉為座上賓，所有教練一併出席，在座每一張黝黑的臉龐氾著光彩。可能真的有那麼些好運吧，竟然又陸續幾次夢到「明牌」，我自己也說不出來所以然。

——不賭比輸還痛苦。

他垂下臉，我頓時張口結舌，整顆心直沉，

——再相信我一次！好嗎？

聲聲「寶貝」喚中。是最後一次嗎？早已淚流滿面的我仍期盼聽到再一次的承諾。

我求他不要再賭了，贏時很刺激，輸了，討債的人逼追著的生活我真的不要時，他也淚眼迷濛的抱著我：

——我再也不賭了！

我抓著那發誓的手深信不疑，但每一次咒誓換得的平靜總不敵蔓生壯大的心魔。見他債台高築雖然生氣，但總想著他對我的好，於是我應徵了高薪、免經驗酒店女侍的工作，告訴他只要他不再賭，我會認真賺錢，將債都還清後，我們可開始存錢買房子、結婚。他答應我不欠債，但仍希望能小玩，我想要他完全改掉這個習慣也是不可能，就由著他了。

外圍包廂圓形場中爵士鋼琴聲流在微弱燈光裡，小小的舞池迷離著寂寞的靈魂。

小玉最年長，濃妝掩住了疲憊，

——反正是大夜，不如來這。

她一根接一根地吐著白霧，笑容像天使，拿著針筒的手老練地點煙、執起酒杯，淺笑低迴在二十五歲方華。

大學剛畢業的蕭薔，換了泳裝魔鬼上身，修長的腿交疊，慢慢晃著金黃色液體，夾煙的玉指微微顫抖：

——賺飽了學費就出國，絕不流連留戀。

商專在學的祖兒，濃眉、幽幽雙眼、透白的臉襯著黑髮。我常常望著那十九歲

的嫵媚，

——妳的男同學知道妳在那兒嗎？

她搖頭，那純潔戀人如何珍藏夢想？純真年代是否如風般飄散不堪一握？

安安豐腴的身材看不出剛滿十八，薄施脂粉，及腰長髮晃動生姿，常唸著同居男友，她很滿意現在的日子，不上課就來打卡算鐘點，兩小無猜一起書寫未來，深愛的他是否嗅覺她素淨的外衣下染色的青春呢？

侍者只做了兩星期，嘴也不甜小費自然不多，還得置身煙霧彌漫的環境，和個性直率的小琪倒成了朋友，她問我想不想賺更多的錢？神祕兮兮指著報上的廣告：「優雅的氣氛中與您談心，歡迎前來鑑賞。」

我倆循著地址，找到了鬧中取靜的高級住宅區中這家咖啡廳，它的外觀與一般西餐廳無異，內部陳設高雅、樂音嬝嬝，寬敞的沙發中衣冠楚楚的男士一雙雙奇異的眼神，我和小琪互看一眼，經理已笑盈盈迎了過來，年輕斯文的小張留著鬍子，竭誠歡迎新面孔的加入，時間彈性、收入高、不傷身體的條件下我開始上班。

包廂生涯暗無天日，客人在昏濛濛的空間並不理會螢幕中的劇情，直接上下其手，無論他是大老闆、上班族或是煙一根接一根的自由工作者。「新鮮期」的定律讓我每天滿檯坐足八小時，下了班和男友上高級餐廳享受美食，聊聊一天所遇形形色色的男人，帶著一日所穫數千元逛名品店，也沖淡了一天的疲憊。

小娟蹬著高跟鞋，一雙仔細描繪的烏亮大眼，微啟的唇像玫瑰花瓣淌出汁液。她永遠活力充沛移動著美麗的身影，下樓進包廂，和客人親暱地外出或是偎著櫃台，看看今天坐了幾台、出了幾次場。

客人較少時，經理小張和小娟會坐在一角，小張總是專注地看著她，小娟甜膩膩地牽動那美妙的唇線，總覺得小張很愛這個靈巧的女人，可是每天看她進伸手不見五指的房間任人撫觸，目送她巧笑倩兮地挽著客人外出。

——賺錢是她唯一的興趣，她根本就是個賺錢機器。

他無奈苦笑，難道為了愛，他已完全拋下男人的尊嚴，只要她存摺的數字越來越多，所有的一切在愛的覆蓋下已不重要了嗎？

小思是下班來兼差的，一頭似瀑布灑開的綢緞、白皙的皮膚，輕聲細語，點台率僅次於紅牌小娟。她來去匆匆，幾天來一次又翩然離去，小張盼她常來，卻每每黯然送走那淡紫雪紡紗的倩影。

小郡性情如同她的長髮，直直披肩而下，無生氣無變化日復一日。她總是準時坐在固定的位置，兩眼定住不知想些什麼，從不與人交談。我知道她不出場，可也想不通那安靜的個性如何應付樓下那些牛鬼蛇神？那沉默靈魂何以抵擋那人性最原始的慾望？

珍妮佛、伊莎修長身姿，貼身恤衫、完滿臀線包覆著短熱褲，擺盪青春的熱力。她倆從不浪費時間，窩在那令人頭昏腦脹的小小房間裡，賺那一個鐘點區區幾百塊台費。

小張拉著我到櫃檯：

——願意出去休息嗎？價錢由妳開。

他下巴努努衣冠堂堂、油臉禿頭的房地產大亨，我轉身冷冷地：

——再多錢我都不要。

他眼光移向那對春風得意的姊妹淘：

——她們輕輕鬆鬆接一個好客人，妳得在房裡陪好幾個小時。

——她們是美國回來的，狠賺一筆回去，沒人知道。我不行啦，我不能對不起我男朋友。

他笑著搖頭：

——小思也是選擇性的出場啊，這樣才留得住男人的心，妳來這不就是想多賺一點錢嗎？

我以為飄逸優雅的女子是不沾染塵埃的。我搖著頭直奔休息區，第一次見面的陌生人竟然要我陪上旅館，打死我都不可能。

斜對面一雙眼睛已注視我許久了，我知道目光的主人是老闆以前的同事，老闆作房地產起家，經營西餐廳、ＫＴＶ和這家賺大錢的ＭＴＶ咖啡廳。他常常點杯咖啡就坐一下午，看資料或牆上的大螢幕電影。

小張喚我進房，一開門竟然是他，我迎向玻璃鏡片後誠摯的目光微笑著。他遞上名片，「耿銘」兩字映入眼簾，忠心耿耿，刻骨銘心，如此自我介紹，我忍不住笑出來，他有些語拙，木訥的態度和印象中靈活積極的房地產商不一樣，讓我對建築系出身的他又多了一層好印象。

包廂裡飄著輕音樂，

——把電視關了吧。

從他手裡抽開手，關了開關，坐回他身邊。

——怎麼想來這兒？

我淺笑著回應他溫暖的語調：

——我還在唸書，偶爾來打工。

空間瀰漫著他的髮膠味，最近政府官員出訪的新聞，中年男子的氣質、容貌、衣著考究和照片上神似。

我的手被包在他的手中輕撫著，

——妳沒有出場吧？

我晃著頭：

——我只是學生，不需要那麼多錢。秀秀也不出場，是嗎？

——妳倆都是高挑清秀，她呢多一些成熟的韻味，妳有一股清新的氣質。

他慢慢地喝了口茶，我凝視他沉穩的面容：

——您工作繁忙嗎？

——唉，到這兒來讓妳陪陪我，紓解不少。

——我也覺得能和你渡過這一個小時，好像和一個朋友在一起，沒有壓力。

他輕拍我手，穿上外衣：

——如果妳也出場的話，我就不會找妳了，非不得已，不要走上這一步。

我握著每天中午貫例千元大鈔小費，目送那西裝革履的背影，我不禁迷惘了。

妹考完托福準備出國唸書，媽問我想不想也出國唸書？我挾了一塊紅燒魚：

——店裡生意越來越好，我調到下午班支援。

——大衛還是常常約妳啊？

——沒啦，我跟他不來電，而且他好像怪怪的。

我聳聳肩，媽炒的青豆蝦仁香脆爽滑，我舀了一瓢。

——那弘文哩，我看這小孩家世、談吐都不錯，又對妳很癡情，怎麼樣？

她盯著我。我瞧了最後一口飯：

——是啊，每個人都覺得我們很配。

向她吐了個舌頭，拿著碗筷溜進廚房，怕她追問我的交友情事，我已經像個毛線圈層層纏繞理不出頭緒了。

——證券公司張大老闆，貿易公司許老闆，建設公司王董還有電子公司陳董都是老客人。

小張經理走近坐在旁，我信手翻著雜誌，

——他們都在問，都等妳點頭，個個稱頭又nice，價錢又好……

——我知道他們很好，從不會毛手毛腳，來都會點我連台，還有小費。

——陪好客人出去散散心，荷包滿滿又可留住他們的心，何樂不為？

他和顏悅色看著我、看看四周，周遭熟面孔客多，半年來多領教過了，等不及我陪出場，不是另找新歡就是不再光顧了，熱衷坐檯咖啡廳新客人又有限，他無奈笑笑，拋下我一人在寂寞的大廳。

——聽說小張最近猛盯妳。

小琪風塵僕僕，一縷清香飄近。她環顧四周，撩撩髮梢，髮絲滑順地落下肩膀。她在我臉龐搜尋答案，我頹然往沙發裡靠。

——不如來我公司接case，妳以為明星、model靠唱歌、演戲、服裝秀能賺多少？還不是靠外快，輕鬆又賺得多。她自信滿滿地。

——再說吧，我現在走一步算一步了。我的眼神落向遠處。

——我現在只剩老客人，收入少很多，不知能撐多久。不如……。我嚥了嚥口水。

——那種錢不好賺。

君難堪時會挑眉，我何嘗想走這一步？那雙大手的主人話猶在耳，但繼續累積的債務，加上我倆的開銷已經全由我負擔，只有任憑淹沒慾望之海了。

——感覺不對，我隨時喊停哦！

我和小張取得協議，

——帥哥放心啦！

他拍拍我，笑著比ok手勢。我低著頭和耿銘步出咖啡廳，繞過公園就是旅館的入口，這些日子雖然和他相處感覺溫暖，也聊了許多，但兩人同行還真需要勇氣。

——妳第一次來嗎？

我點點頭，坐在床沿傻傻看他脫下衣服，我撩起薄毯，撫摸冰冷的床單，看著偌大的空間，同行的人雖不陌生，可是決定我今後命運的起始點？

他裹著浴巾出來和我交錯，我緩緩走進浴室，鏡中一張模糊的臉，是水蒸氣還是愛情？讓我什麼都看不清了。

他為我蓋上毯子，臉貼近我：

——我注意妳很久了。

他不是羅曼蒂克的男人，語氣卻很誠懇。如果沒有君，我是否會選擇他？如果沒有君，我也不會在這裡遇見他了。命運的安排很微妙，我能重新安排我的命運嗎？我沒有回答他。

他撐起身，笑容溫厚，眼神一如以往，

——我知道妳不一樣。

——可是，我還是來了。我縮起身子，定定看著他。

他將燈光調暗：怕嗎？嗯？

淚水溫潤了我，浩也這麼說過。有些擔心的我被他帶領，輕聲在我耳邊呼喚，讓我想起和浩的初次，我完全交由他，只是緊抓他的臂膀，他身上的肥皂味讓人放心，但下部異樣的感覺讓我的臉紅了起來，全身輕顫，他的唇輕碰我臉頰，我半閉著眼。

他並沒有將我看成小娟一類的女孩，為了錢什麼都可以放棄；他想帶我走，我相信他不是個壞人，如果真心交往，他會善待我。這些日子以來出入多少男人，他不高大俊帥，但他的懇切實在可讓人依靠，是這冷酷叢林唯一的陽光。

我何嘗不想回到正常的生活？在公司裡上班，和一個正常的人談場戀愛，我的家人、朋友，他們知道我現在在作什麼？我能告訴他們？他們能接受現在的我嗎？

我和耿銘去看《遠離賭城》電影，我濕糊了眼眶，他幾度探詢我的情緒。其實我就是劇中那個出賣靈魂、和失意的賭鬼相依為命的可憐女子。我終究沒能答覆他的善意，沒能抓住汪洋慾海中唯一可能讓我上岸的浮木。半年後點檯的客人完全枯竭，小張將我帶離咖啡廳轉介給麥克，我進入了高級應召女郎行列。

碎片紛落

花心商人羅伯舒適的房車裡，高級音響流出精緻的音質，飯店中的美食，大如房間的衛浴，寬闊潔白的睡床，耳畔輕聲細語，我瞬時迷惑了，我眉飛色舞敘述著。

——感覺不好，隨時停止，好嗎？

一籌莫展的君握著我的手。我沉醉於羅伯的瀟灑多金，盼望麥克都能如此善待我。

期貨商人布滿血絲的雙眼、蓬頭油面、冷漠的神情和近乎狂虐的發洩，我摀著小腹蹲在浴缸邊，任熱水奔流而下，我第一次哭不出來。

短小精悍的律師精力旺盛，緊擁著我，口中還不時喃語，我兩腿軟麻，氣若游絲地撫著他的背。他得意的抓著寶貝，嘲弄地瞥了瞥，將我撂在孤冷的大床。

——寶貝，今天想吃什麼？

君從外面進來，

——我今天有贏錢，哈！

我疲累的陷在懶骨頭裡摩挲著小腹，聽到他牌桌上略有斬獲，心裡輕鬆一些。他蹲下來，手伸過來，皺起眉凝視我。滿室煙霧裊裊，我閉起眼，用毛巾壓住下腹浸在浴缸裡，溫暖讓我沉沉睡去。小女孩的怒氣聲夾著嗚咽：

別關住我呢，這兒好黑好冷。

是誰在說話？是妳嗎？

我在這兒很久很久了，妳看到了嗎？

每次我難過傷心了，妳都知道，妳一直都在，是嗎？她不帶任何表情。昏暗層層疊疊湧現，我緩緩張眼，熱水蒸融了淚淋漓傾洩。

——寶貝，我們不要賺這種錢了，好不好？

君糾著眉，坐在床沿揉捏我的肩膀。

——你以為我喜歡賺這種錢嗎？

我用手背拭淚，他搖頭，緊抓我手，急得漲紅了臉。耳邊飄過麥克的話：

——既然決心走這一條路，賺一筆走人，從此不回頭。

我整理了面容，坐上摩托車，我準備好了嗎？晚風拂面，臉貼在他背上，突然想起從前。

■ ■ ■

煙薰遍佈整個房間，教授赤條條的坐在床上，他喚我坐在身旁，為我褪盡衣衫，細細端詳。在他醉意的眼神中，我起身往浴間。水蒸氣朦朧了鏡面，鏡中的彩妝讓我陌生了起來，是那和浩初墜情網，純真無暇的我嗎？是那在鏡前顧盼再三，盡情戀愛打工的大學嬌嬌女嗎？是那個君子弘文心中活潑慧黠的我嗎？是那殘酷叢林中，翩然伸手的耿銘欣賞的那個我嗎？或者什麼都不是，我，還是我嗎？

和教授耗上一天，疲憊不堪的代價是花花綠綠的大鈔，只要能換得我和君的未來，濃濁酒氣吐在臉上、陣陣暈眩、陪他做了再做都算不得什麼。

——孩子大了，她有自己的生活。

妻子無法參與他吧，他需要一個溫順的女人陪在身邊。我累了，荷包已飽，吻吻他，像條魚似的從他身旁溜走，他兀自拿起酒杯：

——下次見，寶貝。

我又吻了吻他鬢邊的白髮。

■ ■ ■

——妳介意無法得到滿足嗎？

白淨斯文、年輕的留美企管碩士是第三次見面了，望著那乏力的「小東西」躺在我手裡，我照例偎著他，有時他需要我撫「它」，有時又輕輕地交回給主人，像對待自己病弱的孩子般。他不碰我，好像我是個聖者。

——性並不是最重要的，對女孩子來說。

一鐘點的時間，房裡流洩慵懶藍調，我沉浸在他緘默的感覺。每次在他由衷的謝語，我手中握著大面額的小費，輕聲道再見後，我會深深的凝視那將被門掩住的溫柔的臉。

■ ■ ■

展場最亮眼的佳麗，大學畢業。麥克向客戶殷殷推薦的小雙，高挑、長髮、自若地迷人笑容。她接納了無數傾慕者中的唯一，名片交到了留美回國的室內設計師手裡。芳心初動的她與心似鹿撞如他相約幾回，設計師深情告白，她在電話那端無言。如果他知道我是個人體攝影模特兒，不知會不會拂袖而去？以後我們不會再見了，她在心底悄悄地說。兩個年輕生命交會互放光亮的此刻，卻是小雙告別悸動之時。

——我心裡激動的淚水淌下，可是我不能哭。

愛是可以超越的嗎？有任何可以彌補失去愛的缺憾嗎？設計師望著空樓黯然。

——還會回憶起這段嗎？

——愛情淺嚐即醉，現在的我更不可能夢想了。

她緩緩打開鏡盒，那臉孔是那麼不帶一絲表情的平靜。

■ ■ ■

畢業時他落榜了，服役時兩人在公車站重逢，她從前方走過，他喊出心裡的名字，回首的剎那她怔了怔。

——遠遠就看到妳了。

那留著三分頭的面容多了幾許成熟，她依然是那燦爛的笑容。車來了，他跟著上車並肩坐在一起，他不時望著凝神窗外、心卻似水波翻騰的她。

——一個大轉彎我靠向他，他緊快握住我手腕。

好像再也沒時間了，他孤注一擲抓住她，那熟悉的溫度並未讓時間沖淡，他將許久以來的自責、思念都放下了。

彈卻灰燼，煙霧遮掩了薇薇安半邊清秀的臉。純愛逃不出現實的距離，

——他退伍回來一直不順利。

一口煙長長吐盡，雙眼凝住窗外：

——我一直未曾改變，但他又逃開了。

她和我都是讓那份不捨，莫名的離去了，堅守溫暖不了脆弱的心，如今我倆的心安在？和心中的聲音相遇了嗎？她還是沒轉過臉來，窗面薄薄蒙一層滄桑的顏色，我碰觸冰涼的面頰，淚水已經乾了。

■ ■ ■

倚在床上，他直勾勾盯著我，稜角分明的臉龐不帶表情。

——女人都是賤貨！

他突地把我按倒在床，動手扯我的裙子、上衣，閃避他直撲而來如暴雨的吻。

——王八蛋，嫁給那個博士。

他發瘋地扭我頭髮，拍打我臀部，我頭擺盪得像浪濤。

——妳去死吧。

他狠狠瞅我一眼，推進更加狂暴。動彈不得的我死命往後退，他雙手緊掐我的大腿側，激揚音頻中，他齜牙咧嘴，呼吸濃濁地重喝一聲，迅地抽身，再丟下一個仇恨的眼神，我頓時癱在亂如廢墟的床中。

——她選了別人，祝福她吧。

我把水杯貼在發熱的雙頰，他點了煙，煙霧裊繞他的側影，他轉過臉又瞪我一眼。我揮手，一個落寞的剪影立在窗前，悵然聲迴盪在冷卻的空中，久久不已。

■ ■ ■

——這個可能有些棘手。

麥克停頓了一下，我們走過長長的廊道，他使使眼色帶上門。

我面向赤條條的他，他靠著床將煙熄了，我淋浴出來，淺笑著，他不理會，悶聲進入還未防備的我，一陣痙攣，雞皮疙瘩上來。

他律動頻繁且重，我喘著氣雙腳無力地搭著，他中氣十足不斷吆喝，運作愈益誇張，他雙手緊掐我的大腿，浮現深深的紅印，我緊咬著唇，無力地吸氣，刺痛鹹溼了下唇，我全身軟癱，他得意地笑。

他冷笑一聲，我動彈不得的下身已麻痺，像個砧板上任其宰割的弱雞。時間慢慢過去，他終於撤離下來。深吐一口氣，輕蔑地看一眼，點了煙，煙盡又起，霧幕深處，那張狂的靈魂想證明什麼？挽留什麼？緩解了寂寞還更增添了迷亂？

我拖著疲憊的身軀緩緩走著，廊道幽深，漫漫無盡頭。

——我不想了，我真的不要了！

我跪在床上，頭搖得像波浪鼓：

——我妹妹是留美碩士，我是什麼？

君擁著雙手搥打床，狂烈哭喊的我，抹不盡我奔流的淚，他掏出皮夾：

——不要擔心啦！我都有賺錢。

喜孜孜地打開抽屜摸摸「簽牌基金」，將厚厚的皮夾在手上掂掂，得意地放回褲袋，緊緊握住我。我的收入扣除房租、吃飯、置裝以外全部放入抽屜，每次打開時看見少了，就知道他又「槓龜」了，翻開他瘦癟的皮夾，心不由得抽緊，打牌又輸了，如果胖飽飽的，獨自支撐生計的心裡負擔就減輕些。

他是個迷路的小孩，更是個頑皮的小孩，還故意躲起來讓人找不到。他又回到剛認識時志得意滿的模樣，

——哈哈，寶貝雨過天晴了！。

他有著純粹的笑容，白皮膚，灰色的眼睛。白天裡在熙來攘往的大城市中擁有首屈一指的補習學校，數不清的優秀學生，是一位深受眾多師生、家長愛戴的教育工作者。

可是別人怎麼能知道，就是那拿起粉筆、教鞭，誨人不倦的那雙手，會任自己剝去高尚的外衣，在幽冥的夜裡狂放迷亂？那細緻的妻子在每個寂靜的黑暗裡，又是如何意識自己是何等空空蕩蕩？任何親吻，任何鮮花，任何愛情的誓語都無法填滿。

那彼此間的深溝傳出空曠的聲響，接著，慢慢漸漸地就會變成黯淡的聲音。她是一個會發出微不足道聲浪的年輕女子，她和所有女子一樣，僅僅祈求單純的幸福

意義。

他和情人幽會時，他企盼尋找內在的罪惡，這份罪惡感又像跨越了道德的藩籬，堅硬、布滿荊棘的鐵網扎穿了忠誠，他又露出孩子般的笑容，因為在短暫的、極深的夜裡逃離婚約的鎖鏈，這份罪惡的喜悅讓他笑了。

——要不要去看小三？

媽問我，我避開她的眼：

——老闆不讓我請假。

她湊近，我擠出笑：

——最近比較忙。

拍拍她肩，我揮手。我將頭髮梳直，髮夾夾好，布鞋牛仔褲出門，昨夜雨洗公園，綠意新染，蒼翠無聲漫入窗裡，流浪漢滿腮苔蘚也可愛十分。微光斜進，空蕩蕩車廂迴揚著駕駛座飄來的口哨聲，晦澀已久的心全然釋放，深飲滿室舒意。

■ ■ ■

我雙手放在腿上，不安地撫弄手指，他就一直坐在對面，審視比他高出一個頭的我。

——家裡需要錢？

他扭捏地晃動身體，我乖巧地點頭，他吃吃地笑了兩聲，一直搓揉著紙巾，好像手上有擦不完的細菌。

——妳先到浴室，洗乾淨一點喔，洗好穿上粉紅色的浴袍，知道嗎？

我穿著不知多少個為了「家人」，而出售「初次」的女孩們穿過的浴袍，捧著T恤、牛仔褲出來，他滿意的掩上房門。

他拉開我的手，我又蓋在胸前，雙腿夾得緊緊的，不讓他越雷池一步。他輕撫我的身體喃喃自語，我獻上「初露」的胴體含羞帶怯，吊足了這個嗜嚐鮮、怕染病的男人的胃口，他終於感動地又目睹一個聖潔女孩兒為他初綻花朵，在他純白的絲綢床單上。

我裹著浴袍，眼角微溼，無生氣地關上浴門，血球隨著抽水馬桶漩渦而下。

——放太外面，太快發生效果；太裡面，又碰不到。

出了特約婦產科診所，麥克訴說「道具」放置的祕訣。
像經歷一場浩劫，不知所措地坐在沙發裡，接下豐厚的紙袋。
——謝謝。
我低著頭，用痛楚得不能再痛楚的聲音。

■ ■ ■

清新的臉孔透著倔強，娃娃臉覆滿瀏海，麥克口中傳頌已久的小帆很小時母親就走了，軍人父親的微薄薪水，撫養姊弟三人。大學一年級開始打工。
——弟弟會唸書，我希望培育他唸到研究所。
青春正撒開大步卻選擇了背負起空茫，自信的年輕聽見心靈深處的呼喚嗎？
——再刁難的客戶，她都是拚命三郎搶著接。
那清純無敵的臉崁著堅毅，執著不移的眼神令人驚懾。我別過臉，窗外人車倥傯，每個人總有自己的歸途，無論對錯都是選擇，我步的道路也是一種選擇，不是嗎？

■ ■ ■

——在想什麼？

他搖頭，手上戴著佛珠，我看著他的側影，他轉身凝視我，眼神玄譎：

——你的智慧停留在十九歲，那時應該發生了一些事。

我的心怦然一跳，時間上雖不是很精準，但初戀傷痛的盒子似又被開啟。

我向來不信這些，看著手上的名片。他卸下一身唐裝，我躦入薄毯，手游向他的大腿，掀開毯子，看著那陽性的象徵上環著裝飾物，我倒抽了口氣，僵笑著。他瞇著眼深吸了最後一口煙，翻過身。

哀求聲似乎阻隔在他的全神貫注之外，那偏頗性觀念下的產物讓下部肌肉逐漸擴張，塑膠球環冰冷地摩擦著。我微啟著唇呻吟，讓自以為那裝置能使女性銷魂的他得到慰藉。

冷汗從額頭、雙手、腳底滲出，全身筋肉緊繃，我偷睨著這個微閉雙眼，有著和天花板一樣慘白面容的人，他深深地提氣吐氣，像練功般對待這種事。潛心運氣了幾個回合，他緩緩張開眼抽身，我又是一陣冷顫。

無論如何都不能吝嗇，笑容是我的職業道德。

——還是希望妳和我聯絡。

我為他披上衣服，他揮揮手，從飯店中庭的窗口望進去，他正盤坐床上，口中似唸唸有詞。

——真遇上怪力亂神了！

我摸出那張名片撕個粉碎，步出門口拋向空中。

■ ■ ■

從山莊宴會出來，富商駕著車沿濱海而行。熱絡的喧鬧，衣香鬢影間的交頭耳語讓玲曉有些疲累，富商略帶醉意地沉靜。

午夜的海上幾盞船燈隨浪波閃動，黑色的海如鏡，月光輕透。吹著風，將華麗抽空，獨自面對自己，她感到寂寞，一種身處在人群中、生活被刻意的安排下所無法體會的感覺。

大學畢業按部就班地擔任祕書的職務，細心勤快的工作態度，三年升任董事長特助。是該慶幸如此際遇，對年輕女孩來說無異頂上冠冕，榮耀幸運集於一身。

玲曉的得體貼心，散發的溫柔無意地讓中年的上司獲得了慰藉。就在一次晚宴應酬後他多喝了些，她叫了車盡責地護送，返家的路上他嘔吐難耐，為舒緩不安，倆人走上人生的叉路。年輕的生命從此改寫，她每想到此總緊閉雙眼，彷彿可以無視那雙略帶憂鬱的眼神。

幼年喪父和母親相依為命，她需要這份待遇改善家境。幾番欲走還留，驀然回首，那人卻在燈火闌珊處，明知沒有明天，明知歸途渺茫，越愛越寂寞，越行越孤獨，她不忍切斷這份羈絆。

走過春和冬，夏和秋，花開花落，我終於嚐到人生的痛。
究竟要追求什麼，該償還什麼，這一切我還在迷惑。
夢境不可說，不可捉，也不願承諾，我終於嚐到人生的痛。
究竟要追求什麼，該償還什麼，讓回憶陪自己去過。
隨風而逝，隨風而逝，記憶編織曲曲折折的夢，
隨風而逝，隨風而逝，我又何必頻頻回首。
多少迷茫的夜晚，曲聲縈迴，心中輕輕低吟著。於是她在這裡，陷入了沉思。

■ ■ ■

直髮下冷漠的表情，臉上的妝似傾圮的樓房斑駁地落下粉塵。莉萍和先生共同經營成衣公司，兩人同心共苦，正享受甜美果實，夫爆出婚外情，她選擇寬容，兩人平靜的生活維持好一陣子。

適逢不景氣，因應成本，許多廠商紛紛外移大陸，夫一籌莫展眉頭深鎖。她經過介紹認識了麥可，慶幸周轉稍有起色，她更認真接待麥克介紹的每一位客人。

——劉老闆人很客氣，他喜歡高窕、氣質好的。

莉萍心一緊，飯店雍容的廳堂、高雅的樂聲霎時都似霜凝封住了，踩在客房幽靜廊道，伴隨緊促呼吸，步履不禁沉重。

棕色房門微開，她緊跟麥克身後，看到了那令人昏厥的影像。那天一位客人酬謝可觀的小費，她滿心歡喜地買了淡藍襯衫搭紫色領帶，他緊擁她：

——下午和老王約好飯店咖啡廳，謝謝我的好老婆。

耳邊一吻，她滿足閉上眼睛，這段日子好長好久啊！景氣再難堪、忍辱籌措資金、她都堅信可捱過，希望烏雲終將消散，所有的付出都值得了。

跌跌撞撞出了電梯，她失神地漫無目的走著，是否老天懲罰我的背叛？我是否

錯了？她選擇了無條件離婚，賺錢是永不懈怠的任務，從今爾後金錢是唯一的依戀了，

——它永遠不會背叛妳。

她捻熄煙，步履堅定。我不知道那藏在假髮下的真實，如同那張略帶風霜的面具後，曾經炙熱的心仍存幾分餘溫。

■ ■ ■

她掛上電話，一面哼著歌，朝衣櫥走去。過一會兒，男朋友就要來了。她要穿上他最喜歡的樣式和色調的裝扮，灑上最迷戀的氣息的香水。

她點亮餐桌上的蠟燭，將香檳注滿水晶高腳杯，待會那扇門開啟，門後的那張臉龐出現時，她將帶著品嚐的心情，就像打開一個包裝高雅的禮物那樣欣賞。

他喜歡她的手藝，她竟然樂此不疲。小琪翻著食譜，津津有味看著調味秘方，臉頰熱烘烘的表情。她繫上圍裙，他經過身旁，她無法不讓情緒停駐在留戀他的情景。

他揉她的頭髮，她跪在他的面前，像朝望巨大的神像，渴望那雄健的羽翼。他

閉上雙眼，嘆了口氣。一分一秒似細沙在指間流逝，垂死於他溫煦的微風，她緊擁著孤寒中的暖意。

他抬起頭來，霧濛濛的眼睛看著她，那雙大而深的眼睛藏著不安。他目不轉睛地看著她的臉，然後垂下目光，抱住她，唇貼在她渾圓光滑的額頭，好像在訴說什麼，謙卑的想表達什麼。

——其實我真的不在乎。

小琪搖搖頭，她真的不在乎那一刻的感受。思念一種情感，只要是他，只要是他，為了他，她會不顧自己，她什麼都願意。

■ ■ ■

說話不急不緩，像個慈愛的長者和藹地看著我。

生日、模範生表揚、作文比賽後，那雙眼睛總會釋放柔軟的光芒，溫暖地包圍著，就像現在眼前這份自然。

——還在唸書嗎？

長者徐徐吐出，我點點頭。

——唐詩三百首、成語五百句，多讀，累積起來。

他慎重地將盒子放在桌上，緩緩翻開書本，女孩打開盒子，精緻筆身折射出烏亮的光輝，那幼小的心靈沐浴在溫煦的微風裡，安寧地對待著、撫慰著。

我裹著餘溫閉目養神。長者又在最初的位置坐定。

——謝謝妳給我一個特別的時刻。

父親總悄聲怕驚擾著，每當我伏首桌前。他愛書，買書看書。回憶與母親初次見面就相約於書店。

——書是最好的朋友。

當初對母親，如今和我這麼說。可能早些塗塗寫寫，孩子中對我感情特別些，生日禮物文具一大盒，作文比賽獲佳績，全家上館子慶祝外，書冊的獎賞更是少不了，哥好動，瞥一眼，轉著籃球出門了，妹妹豔羨地睜大眼，我總抑喜與她分享。

後又發現其他興趣，終日嬉遊，直到久遠後的一日，我拾起書專注讀起來，父親走近捻亮了燈、調低電視的聲量，這記憶烙在我心上。

我喜愛絢麗動態的活動，他不表意見，但能靜心看書寫字，還是他最欣慰的。父親平日生活並不講究，對於書卻傾其所有，精神豐足，外在榮枯不上心間。鼓勵我多閱讀、勤提筆，紀錄所思，初感苦，待得其樂時就韻味無窮、放不下手了。

充沛的的光線從窗戶射進來，我的頭髮上繫著緞帶，穿著蓬蓬裙，我坐在窗前翻著書頁，我始終是父親的乖女兒，按照他的教誨來讀書。

心靈花園

夢回聖心，我穿著圓領白衫、天藍色裙子，無憂無慮的奔跑在美麗的校園，又回到我心愛的學園讀書嘻鬧，揮霍無度的大把大把青春緊握手中。美夢初醒，我喊著：不要醒，不要醒，醒了就滅了，下次何時能再回去呢？碰到聖心人，我自會問起學校，對方淡淡的回應，完全無法理解不是校友的陌生人熱切的詢問。平平靜靜、順理成章畢業的她們，麼能感受掙扎挫敗、在門外翹首盼望的心？報上副刊看到龔教官的小品，娓娓訴說退休居美，懷念學校師生一草一木，想起追著我髮型，對我又愛又氣的身影，我將文章剪下收藏起來，心裡暖暖的。

——怎麼又洗手？

我擠進廚房，媽揀菜皺起眉頭。厚厚地泡沫在水龍頭下盡情沖洗，我低頭不語，甩甩水，再飛奔進浴室，獨享滌盡汙濁的暢快，雙手潔淨、芳香的撫觸貼身衣物，讓我渾身舒適，心裡多了層安全感。

媽使力敲門。

——怎麼洗這麼久啊？

身上塗滿乳液，第一遍起不了泡沫，沖掉再用海棉塗上第二道，芳香柔細的泡沫精靈可拭去一身的污濁和疲憊，讓我回復潔白純淨。我恣意擁著全然乾淨的身軀才能碰觸的床單、枕頭、棉被，一系列淡紫色系，擁有它們做個好夢，那和愛人無憂地牽著手，在滿天花海中倘佯的美夢，我不願醒，不願醒，永遠不要醒。

我沒看過張愛玲的原著，李安的《色戒》故事單純，我一邊看，淚靜靜的滑落。我不是王佳芝，滿懷赤誠，用年輕純潔的肉身甚至生命和撒旦交手。我只是愛上了一個聰明的賭鬼，在最脆弱的時刻，知道我的傷、我的痛、我的無助。在愛的趨附下，我願意為他赤袒在陌生的環境中，落難天使也僅僅只是天使，融化了自己，只是讓世界更哀怨，她拯救不了國家、喚不回賭徒的良知，更無法讓自己得到救贖。

如果貞操是女人一生最重要的，那麼願意將自己最寶貴的部分奉獻，無論他是貧是富，是低是貴，她都一視平等，作別人永遠不會作的事，是否更不容易？她更需像朵解語花，瞭解此刻在這個男人面前該扮演什麼角色，跟隨他的節奏達成嚮往。男人在女人身邊是卸下武裝的，他不需要攻防猜忌，唯一的目的是讓身心獲得紓解，稱職的女郎就像一潭溫泉，讓他撫平疲憊、暫時忘卻煩憂，至於是否兩廂記得已不重要了。

因為我是大學生，我可將價碼抬高，可接觸中上階層的人士，經紀人引見所謂上流社會的知名人物，與他們見面多在私人住處或高級場所裡，無論是規模、安全和隱密性都是一流的，他們享有良好的教養和優渥的境遇，風采翩翩、談吐有節，他們時間寶貴，不容易見上第二次面，可是多慷慨大方、不吝小費數千。

而流散在角落裡啃蝕著陰暗的其他女子呢？她們沒有安定的環境、完整的教育、正常的家庭、摯愛的親人、失了根的靈魂在穢黯的人流裡四處飄零。黃春明《看海的日子》的印象讓我太深刻了，那有保鑣、老鴇虎視，三夾板隔成昏暗狹窄的空間中那些汲汲營生的女子，我們是否有相同的命運或者有天壤之別呢？

十三歲那年所發生的事，讓我開啟了性這扇神祕、禁忌之窗，較一般女孩提早成熟，我開始看很多這方面的書和電影，我知道了自己並非唯一，這個世上可能隨時、在許多地方、無論是陌生人或是親人間都會發生，都值得我們關注。記得當時偶像明星法拉佛西主演的一部片子，片中她飾演遭受性侵害的女子，堅強地捍衛生命，懲治歹徒，由此還牽引出另一位朋友相同的經歷。

與其痛苦，不如將這段回憶納入生命版圖，它是一段歷程，領我從稚嫩的童年邁入了殊異的人生，好似由山頂滑入山谷，待我拭淨滿身塵埃，坐看另一番風景。人生本是百般況味，有人一路平順，有人磕磕絆絆，幸福的童年讓我在溫暖的房室中滋養，真實的人生卻足以令我茁壯。

萬丈深淵

輕歌縹緲，君盛湯給我，他喜歡帶我來日本料理，老闆會為常客的我們準備新鮮的食材。

——待會我帶妳去一個地方。

我咕噥著跟他上了二樓，推開門，熱情的樂聲，洋溢嘉年華會的歡欣，整排的落地鏡、寬敞明亮的空間，一對對男女嫻熟酣暢於舞中。君喜孜孜隨著節奏打起拍子，穿著花襯衫的老師迎向我，我傻傻被他牽引，他手落在我側後背指引方向，彷彿有種力量，音樂精靈帶領我在魔法空間旋轉再旋轉，我的嘴角飛揚、身姿輕盈，君雙眼奕奕看著我，開心地看著場中飛舞的身影。

見我從旅館出來，他揉揉眼，喜孜孜地像小學生第一天上學，他疲憊卻愉快的語態流洩在車裡：

——運動會讓你身體釋放興奮激素，一種人生最好的享受。

我把頭髮紮起馬尾，他向我比了個加油的手勢，如果當時他把學業完成，今天的君又是如何呢？我在二樓教室窗邊換上嶄新的舞鞋，看著他的車緩緩沒入車海。

——還好嗎？

我靠在沙發裡，腿擱得高高的看著小琪走進來。

——妳也知道我偶爾兼差，公司還是要運作，欸，考慮得怎麼樣？

她希望經由公司專業訓練，重新打造，亮麗出擊。

——讓我好好打造妳。

小琪邊上網邊自信地點頭，在她辦公室五十多坪空間裡，我翻著時尚雜誌，看著那執著的態度，我忍不住笑出來，我對演藝圈是真的沒興趣，我現在挑選和善的客人，練練舞，很從容地朝目標生活。窗外暖暖的風讓我瞇起眼睛。

——反正妳照樣接case，受訓後保證妳脫胎換骨，妳知道明星也都在接case啊！

她眨眨眼。我放了片洋芋片到嘴裡正要嚼動，難怪聽阿姨們談論主持的行情多少，演員的行情多少，歌手的行情又是多少，原來真有這回事。我猛點頭：

——那為何不直接作case就好了，何必那麼辛苦作藝人？

——當然囉，沒戲演、沒發片，怎麼活？

她瞥瞥我，明星的頭銜是附加價值，身價可抬高的，她瞪大睛眼。

我笑著說別指望我了，我不可能進演藝圈，我現在這樣子很好。我揮手，又塞了片進嘴裡。

——這些男人都是喜新厭舊，能留戀多久？他們有錢有閒，為什麼不多換換口味？

所以要讓自己條件升級，名氣增加價值，她斜睨我，反正是個機會，以明星的光環包裝，可見識更上等的客人。

——這些男人喜歡換口味，所以要包裝自己，不是更增加勝出率？

希望我自己慎重考慮，她撇撇嘴關了電腦。

——是，妳大經紀人眼光好，承蒙栽培。我請妳吃飯，嗯？

我搭著她肩推她出門。

游上岸，我懶懶坐在池邊，陽光映照水面波光粼粼，好多小人魚兒在水中穿梭嬉戲，好像水皇宮的子民，玲瓏悠旋在無聲的自在裡。

君溫柔地握著我的手：挑幾個好客人，對他好一點，小氣或要談感情的，寧可不要。他停了一下：

——把精神體力都用在學舞上，這門功夫學起來，終身受用。

他拍著我腿笑開嘴，天空的雲潔白無憂被風緩緩推送，我閉上眼聽風的聲音。

麥克電話裡喜孜孜地，楊先生？

他溫潤的笑容：

——只要陪在我身邊，好嗎？

腦中浮現耿銘的話語是如此的熟悉而久遠。我忐忑不安的按了門鈴，楊打開門，把我拉進房，他怒眼圓睜，臉漲得通紅：

——叫妳別來了！妳到底多需要錢？

我節節後退逼到牆角，他拉著我頹然坐在床上：

——我真的需要一個伴可以和我說說話，錢我有，可是難買真心人，是嗎？

他無神地望著前方，垂下眼輕嘆了一口氣。

這些日子來楊無微不至的照顧，有時慶幸他已有家庭，讓我有喘息的空間，有時難免惆悵，如果他沒有家室，能有個肩膀倚靠，是女人終身的幸福吧。他圓圓臉上笑得很純真：

——在外面歷練久了，閱人無數，我知道妳不是那種女孩。

我雙眼微溼朝向窗外，我是他已找到的伴侶嗎？那我心中值得相信依靠的人又是誰？是已屆中年仍在人世裡紛亂的君嗎？如果不是，那他在那兒等著我呢？

似斷線的豆大汗珠淌滿臉龐，背部已然溼透，我仍一遍遍舞著，像個嬰孩搖搖欲墜學步，對著鏡中千百回演繹內心的激越。全身酸軟泡在滾燙水中，揉按痛楚的雙足，告訴自己，一步步自山下寸寸陡升，登高將望平疇綠野、海天一色，而此峰頂於雲深不知處，須終其一生永無止境地攀爬。拂去淚，和衣而眠。啁啾鳥語，又是明燦的一天。

高級音響流洩精緻的音質，車內空調如此宜人，真皮座椅完美地貼近身體的弧度，身旁的紳士溫柔殷勤，可是怎麼我總是要拚命想話題和他攀談，生怕兩個話題銜接中那可怕的安靜，空氣彷彿凝住了，在我們之間揮之不去。

——如果有一天你真的離婚了，你會娶我嗎？

楊停止攪拌咖啡，正經地坐直了身子，我捧著鑽石墜子撒嬌地看他。

——如果真有這麼一天，我會對妳更好。

和煦的神態讓我心裡升起暖暖的感覺。

比賽場上是磨鍊自我最佳途徑，次次挫敗次次再戰，當向目標挺進，歡欣的淚洗滌一切辛勞疲憊。一舉手一投足，似掌握了心靈的歸向，一抬眼一甩頭，彷彿攀向世界的頂端。時間之錘不斷在身上敲打，鑿去衰圮多餘的，雕琢精確美好的，要忍得一刀一痕的刻劃，那臻於極致的磨礪。

楊摟著我肩：

——我們認識半年多了，好快，第一次見到妳，我很意外會在那種地方認識妳。望著那認真的臉，婚姻原來充滿許多無奈，體貼、紳士又擁有財富、地位，絕對有吸引紅粉知己的條件。他的付出，我只能默然接受，最後的結局無法奢盼，因為我的人生也情非得已啊！

——我送妳的禮物，妳家人有沒說什麼？

我害羞地搖頭。

——是我心甘情願送給妳的。明天我們早晨的約會好不好？

我愣了一下，他語氣肯定：

——明早六點半去運動，然後一起吃早點。

我嘟起嘴。

——為了鼓勵妳早起，一天一萬元獎金，如何？

我摟著他手臂苦笑著。

——嘿，這個凱子用這種方法來砸錢。

君笑不可抑地癱倒在床上：

——月入三十萬耶！跟我簽中牌一樣爽，哈哈！

他樂不可支點根煙：

——好好抓住這大金主，認真練舞，這就是妳的人生目標。

他抬眉，得意地對我拋個眼色，我實在笑不出來，猛翻白眼。

——我想買一棟房子，一個屬於我們私密的空間。

從滿室咖哩香的印度料理餐廳出來，楊牽著我站在聖家堂前，嚴肅看著我：

——妳在天父面前發誓，妳對我是真心的。

我望著高聳的十字架，嘴裡唸著誓詞，內心吶喊著：親愛的天父，你知道我是騙他的是嗎？我是為了君才不得不欺騙楊啊！您能赦免我嗎？

我揮揮手，他滿意地輕踩油門離去，我沉重地上樓開門，腦袋空空的，只看嫣的嘴一張一闔，好像水箱裡的魚在說什麼。

車停在銀行門口，楊快速進去，回來時手上多了包紙袋，他笑笑遞給我，我打開一看，我壓抑住興奮，不敢相信。

——先放在妳那兒。

我暈滔滔地不知該說些什麼，只是用力抱住他，他仍淡淡笑著，不好意思推推眼鏡。

我湊近君：

——我覺得楊好像在試探我。

他兩眼發亮，笑開了嘴：

——男人喜歡擺闊，又怕被當成凱子，哈！

才送鑽石項鍊，帶我看房子，現在又給我這麼多錢，他真的動了心嗎？如果沒有君，我是否會被感動呢？他是否如耿銘般地單純真情？又是否如君那麼地瞭解我呢？

楊看我一眼，清清喉嚨停了一下：

——我想跟妳說件事，妳好傻，妳知不知道？

他深深看著我，異常鎮定。我心跳得厲害，力圖保持微笑，暴風雨前般寧靜地死沉，我歎了口氣。

——傻瓜！

他終於大聲說話，臉上肌肉跳動，猛踩油門急駛在高架橋上，車貼近護欄，他臉冒青筋、雙眼充血暴跳著：

——妳為什麼要騙我？

我抓著把手，喉乾舌燥，喉嚨好像卡住了什麼似的。

——我們同歸於盡好了！

他齜牙裂嘴爆出吼聲。我呼吸急促，聲音顫抖：

——你這樣算什麼？你不值得！

他狂烈地將車轉至橋下煞住，我拉著安全帶鬆了一口氣。他指著我鼻子：

——為什麼？為什麼？為什麼要這樣對我？

他猛搥方向盤，抓著我的頭，我髮飾被扯下、頭髮凌亂，我厲聲回瞪：

——我心裡很痛苦，你知道嗎？我不能不騙你，因為我愛他！是，他是個混蛋！可是他懂我疼我對我好！

我雙手握拳，再也忍不住大聲哭泣。

——他讓妳賺錢供他享用，這是疼妳嗎？

他敲著我腦門，搖搖頭，我閉眼，離他遠遠地。

我該往何處去？那兒才是我的歸途？浸在滾燙水中才能感覺存在，我的腳趾起了水泡，更痛的是看不見的深處。用力揉捏酸軟下肢，君賞賜的贈禮，他想為我換取什麼，覆蓋住現有的記憶。浴室一方空間沉靜溫暖，我的記憶卻如此清晰回到十三歲那天，全身塗滿了泡沫，我拿著刷子刷紅了身體，掉泡沫再塗滿，再用菜瓜布搓揉直到皮膚脫了一層，從那刻我愛上滾燙的水像熊熊的火燃燒，源源不絕的強勁水注痛快淋漓，讓淚一併奔流，發燙痛楚的身軀是如此安心完美，懷抱這舒服是如此踏實而滿足。

——我真的沒辦法了。

淚珠在眼眶裡晃動。

——我知道這種事對妳來說是強人所難。

君皺眉：

——我知道妳都是為了我，我會一輩子對妳好。

——你是要毀滅我吧？怎麼是對我好？

雙目再也盛裝不了，我垂下眼。

——是，我很自私，我唯有把妳拖下水，妳這輩子就只能和我在一起。

腦子轟然一響，我不能相信張大嘴，我全身顫抖、狠狠睨著眼前這張自以為深深愛著、可以為他赴湯蹈火、無怨無悔的臉。

——妳只有跳舞才能展翅高飛，我要妳作一隻浴火鳳凰，浴火重生，知道嗎？

他雙眼亮著光，好像我在舞蹈殿堂合著淚水汗水、獎杯在握閃耀的亮光。我靜靜靠著牆，什麼都不想去想。

——這是兩百萬，

我遞給楊裝著錢的紙袋和兩個絲絨盒：

——這兩條項鍊都物歸原主吧。

他看著我，那曾經溫暖的臉龐，當站在面向綠蔭深巷的二樓陽台，我多麼渴望身旁的他能幻化為君，為我覓得一處居樓掩風避雨。他低頭不語。愛情似空中飛絮，它是那麼地溫柔，翩然飄臨，稍一瞬間又隨風輕舞，不知飄向何方。樓房、珠寶，這些從來就不曾屬於我的愛情，握在手心，現在只讓我覺得縹緲又淒涼。

——妳如果想到我，我們還是朋友，好嗎？

他握我的手，我們互相凝視著。

從滿缸的熱水起身，像大雨後的街道暢快淋漓帶走所有的疲憊憂傷。將自己丟向柔軟的大床，燈罩下暈黃的光圈投射在兩人的合影，我翻倒了相框，熄了燈，小女孩輕輕地嘆息，盒子上掩了厚厚的塵土啊，妳將自己洗刷的潔白無瑕，我呢？妳心底最深處的這個盒子呢？幫我撣撣乾淨，看看裡頭的我吧，我就是一直守候在這兒，那個需要妳憐惜的小孩啊！妳心裡累積的塵埃，我荷得好沉好累，我不是妳認為的那麼無聲承受、一味堅強啊！小女孩披散髮兩行清淚，我抱緊胸口，夜沉沉襲上全身癱軟的我，無力在夢境裡尋覓。

千里歸來

在我心裡有個十三歲的小女孩，一直覺得我不看她，不去摸摸她，不愛她不關心她，這麼多年來她一直停留在那個黑盒子裡走不出來，拒絕長大。

雖然隨著時間過去，我繼續成長，但是心中的小女孩卻不夠成熟去理解當時的狀況，她只會覺得為什麼我不能夠瞭解她，因為當時的環境，保守的道德觀不允許我將自己的心情表達出來，所以我就把這份情緒壓抑住，想想看如果當時我能夠直接發洩情緒，將所有的難過委屈完全傾訴出來，心靈深處的小女孩是否就得到慰藉了呢？

如果我一直沒去看顧她安撫她，她就會仗勢著生活中發生的諸多困境和磨難出來大吵大鬧，提醒我她的存在。她需要我，年幼的我無法瞭解，如今成人的我為何沒想過小女孩也需要我的瞭解和接納？我不得不想想那個小女孩在心中哭泣吵鬧呢，其實和我槓上的、攪得我煩憂的是心中那個沒有長大的自己，那個一直是十三歲的小女孩。

當我明白自己心中還有個哀怨的小女孩之後，我在面對自己不成熟不理智行為時，我會自問我現在是個成年人？還是一個十三歲的小女孩？如果我是個成熟的大人，我該如何對待這個半大不小似懂非懂的孩子？

現在的我是個善體人意的成熟人，我可以瞭解她當年的感受，告訴她同樣的遺憾不會再發生，就當她是另一個我，和她對話，讓她將當時受的壓抑發洩出來，然後以我現在一個成年人的心情好好安撫她，讓心中的小女孩慢慢從過去的情境裡走出來，她才會逐漸長大，和真正的我合而為一。

漸漸地，我比較能夠接受自己無法掌控的情緒和幼稚不合理的態度，心中比較容易充滿憐愛，適時地給她一個微笑，融解她一身的張牙舞爪，當有一天，我心中的小女孩不再輕易出來鬧場了，雖然她還是留在我心中不能抹滅，但是我慢慢明白人生錯過的機緣太多，過去的遺憾往往是很難再有機會彌補的，我若是死守著它不放，任由自己掉進情緒的深淵讓它發酵，不但阻礙自己的成長也傷害了愛我的人，不如坦然面對這份遺憾，讓它在我心中成為警惕的聲音，時時提醒我要好好珍惜身邊的緣份，莫要輕易流失。

熱咖啡溫潤了喉嚨，鬆餅的奶香在指尖留盪，我靜讀完《世界日報》春柔女士的文章，陽光穿透心中的迷濛，晨霧散了，綠葉閃爍露珠，春已悄然來臨，池塘裡外的生命彼此深情凝望，簷下垂掛盆花裡，鳥兒為著新生命忙碌地來回啣草，親密的語彙迴旋在清透的空中。我雙眼漾起水光，隔著汪洋大陸的遠方，那真純熱切的眼神此刻望向何方？

——妳知道偉到美國去了嗎？

媽興沖沖地一早來電，我的心又開始狂燥，我翻開書本，什麼也沒進到腦袋裡，只是一捲捲影片像放映機，無所防備從記憶中源源流出。

舊金山藝術宮旁幽靜湖畔一個熟悉的身影，高大略顯文弱，還是那幅銀色鏡框、挺直的鼻、醇厚的嘴型。是他嗎？以為逐漸淡去的影像又清晰地呈現，他還是翩翩風采卻看起來有些落寞，他抬抬眼鏡望著遠方，是思念著過去呢？我別過頭，一路狂奔，我的手晃動地插不進鑰匙，壓抑住起伏的胸口，危危顫顫進門，混亂的思緒到四周暗沉下來，才發現天黑了，從中午慌亂進門到現在什麼都沒有吃，胡亂地塞幾口微波炒麵，電鈴響了，門打開，偉迎面佇立，令人憾動的神情依然，二年不見，他瘦了。

那如真似幻的眼神，幾番午夜夢迴才深知感情的藤蔓將我纏繞得緊密結實，我臨窗避開那雙讓人動搖的眼睛，心裡層層密網找不到線頭，讓我無法欣賞花園的井然有序。

——妳好嗎？

兩年前的頽喪伴著寂寞全湧上來，我斷斷續續抽搐著，幻滅是成長的開始，我搖搖頭，偉靠近我，雙眸綻放柔軟的光芒：

——隨著時間過去，我瞭解了一件事，那就是我竟然讓在意我的人痛苦，那令我更加地難過。這兩年我無數次拿起電話想聽聽妳的聲音，我想像妳坐在陽台藤椅曬太陽，風徐徐吹著妳的秀髮，我失神地凝望著又悵然回到現實。

經過這一次我不再飄搖了，以前的我活在夢裡，天真得像傻子，除了給我傷痛的浩和君，我不配再愛任何人。

——這個寂寥的現實是我自己造成的，你怪我吧，我寧願你罵我一頓，在我懷裡哭一場，我也不捨你無聲無息的離開，獨自飄零啊！

——妳能照顧自己，讓我見到完整的妳，妳真的長大了，即使有人讓妳受傷，妳已學會了堅強是不？

我故作冷淡抬高下巴，他扳過我肩膀：

——如果我愛妳就應該全然接受妳，我對妳寫的故事不想追究真假，如真的是妳，那是因為妳單純善良，不知人心險惡。

我定定看著他，他眼神流轉：

——妳以為愛就是奉獻付出，僅僅是如此嗎？真正的愛是互相關心提攜、共同成長，而不是同流合污，一起墜落萬丈深淵啊！那樣的愛太狹隘，會毀滅彼此。

他娓娓地一字一句落下，那麼輕巧地敲在我心間，心底黑暗的角落被埋壓得很深、小女孩嗚咽的、小小的聲音從盒子裡傳出來，她知道落在心湖上滴滴答答的聲音是甘露、是溫存，這麼多年來沒有人提起，以為小女孩已隨著時間，安然地躺在盒子裡埋得深深地，深到忘了她的存在；可是時光流去，不安際變攪得內心翻騰，我一直以為她在盒子裡死去、靜靜地走了，其實從來沒有，她不見陽光，更缺乏噓寒問暖，如果偉的置之不理是過錯，那我對她這麼許久的不聞不問更是何等的凌遲，而那折磨的小女孩就是我自己啊！

——這次我不會讓妳從手中溜走了。

我咬著下唇。

——我現在沒什麼錢，也不能給妳豪華婚禮，但讓我來辛苦，妳什麼都不要擔心，嗯？

他抱緊我：

——是我不夠成熟，不懂得如何愛一個人，失去妳我才知道自己有多傻，我們再也不要分開了。

心湖的芳醇之露滋養喚醒小女孩，盒子悄然打開了，溫柔的光芒映照全身，她的眼神柔煦、雙頰透著緋紅，她舒展四肢，飛出盒子，展開笑靨向著美麗的道路。小女孩，不要怕不要慌，踩穩步伐，像掙扎出蛹翩翩飛舞的蝶，飛吧！飛到妳嚮往的地方，那兒有沒有妳的夢？有沒有深愛的人牽著妳一起飛舞呢？偉喃喃絮語在肩後，我環住他的腰，淚卻下來了。

玫瑰盛開

五年後

離開家，才知道自己的家在那兒。

少小離家出遊借住外地，友人問我想家嗎？我一逕搖頭，向來瀟脫慣的人經過了時空淘洗，午夜夢迴才驚覺自己早已讓親情的藤蔓纏繞得緊密結實，也才懂得是雙親的堅強守護在等待兒女的慢慢長大。

回台步出機場大廳，我四處張望，家人尚未抵達，我守著行李看著別人簇擁而去。見著親人了，父母滿頭華髮，皺褶的臉龐，一年一年蒼老。我們並肩離開，雖無擁抱。

揭開盒蓋，那把睽違已久的剪刀竟還閃著光。布圍順母親身體而下，剪子穿巡銀絲間，彷彿看到一幅永不褪色的畫。

中學唸女校，服裝儀容要求嚴格，頭髮尤其盯得緊，我頭髮長得快，母親經常客串起理髮師為我的操行分數把關。挨過青澀年華進了大學，髮型的轉換交由髮廊，那剪子始終躺在紙盒裡。

母親年紀大了，也許是圖俐落清爽，讓我為她修髮。髮面噴上水，由頂梳至尾，像從前她為我剪的那樣：兩側稍斜，後邊圓圓的。默然安坐鏡前，她的髮，這幾年愈來愈少了，衰弛面容，微拱的背，孱弱的肩軟軟垂下，異樣情緒在我心間浮漫開來。

小時，母親喜歡梳理我一頭稠黑飽滿的髮，說合著童顏好看，又指著她初中入學的照片：

——妳和我這時簡直一模一樣。

盯著相片中蓬鬆烏亮的濃髮和那雙單眼皮，我訝異得說不出話來。行年即長愈近似母親了，形貌、神韻、語態、人都稱相像，秉賦、性格也無不承襲，而敏感羸弱的體質更承自於她：初生即染黃疸，幾近換血邊緣；經常高燒不退，以酒精為我拭身降溫、哄我服藥、換冰枕、清便器；風如薄刃的冬夜，抱起病況惡化、層層暖衣覆裹的發顫小身軀疾行於急診路上。

後病毒侵襲腎臟，全身浮腫、血尿的我住進醫院，每當迷濛初醒，榻旁守候的恒是她憂焚的眼神，以良藥、補品為我調理；說故事撫慰鎮日靜臥的寂寥心靈；拿起木梳打理我的亂髮：

——趕快好起來，就可以上學了。

和煦的笑容伴隨渡過一百個春天。返回家中，叮嚀還須靜心休養，領著我遍訪名醫，清晰地記得：那天，由診所出來，我躲在騎樓裡，雨勢嘈急、班班客滿急駛而過的計程車，眉心凝聚了焦急的母親在薄傘下伸長了頸子、使力揮著手。久久，見公車近站，她滿懷歉意奔來：

——叫不到計程車，坐公車吧？

我點點頭，攬著我上車，擠了個位子讓我坐下，拿出小手巾輕擦我髮上的水花：

——頭濕最容易著涼。

執意別取下圍脖，她拎著傘，肩褂皮包、手挽著我退下的厚外套，一路搖晃於擁塞窒悶的車廂；燈光昏暗不明，晃著搖著，睏倦的眼皮搭了下來，闔闔啟啟；她將傘緊貼腿側，褲邊濕成一片，雨滴落在自己的鞋上，順著雨滴往上看，母親閉目屹立，衣衫水痕遍覆，雨珠織成密網灑滿青絲，我拂去窗上濛霧，霧卻蒙上雙眼。

或由於多病，課業上她從不要求，但我也自發地未讓她耽過心。重考大學時，

——放心盡心考，媽養妳到考上為止。

隔年榜上有名多應歸功於她。及後交友情事總在理還亂時逢其開解，我的不長大，讓她挺直腰桿強打起精神，若能為依偎，她自然卸下千斤重負了。

清脆的剪聲，細碎髮絲紛落，

——老了，什麼都留不住了。

母親黯淡喃語，我嘴裡安撫著，外婆遺留的牛骨月牙梳，在她稀薄的髮上輕輕地，和剪子化成永恆的絢爛。

〈杏壇蒙羞　教師入獄〉

「曾獲頒優良教師，現年六十五歲已退休的國中化學老師，涉嫌性侵女學生，遭學生家長提告，經受害當事人指認無誤，今由法院判刑入獄。」

社會新聞版面照片中的他面形枯槁、白髮叢生，在步入老叟之齡，必須扛起多少年種下的罪孽踽踽獨行。時間之河慢慢流去，所有的歡聲、笑語、淚水與盼望，都一一收藏在記憶寶盒裡。這一路上，我親愛的姊妹是否滿盈喜悅包裹傷痕的蓓

蕾，等待綻放？

順著地址來到這處巷弄裡的一樓，基金會的招牌顯現，和接待人表明來意後，我進入了主任辦公室。

此機構設立的庇護所，專案安置遭受家暴、性侵和從事性交易的婦女和少女，期待她們能安適心靈，並可照顧課業或接受職業訓練，將來返回學校、社會，重新找到自己的天空。

女孩們若學業成績不佳，失去成就感、榮譽感，容易自暴自棄，如果家庭又不穩固，這年齡的孩子會輕忽自我價值，草率地進入花花世界，一旦習慣自由的生活，再回復單純的本質需要無比的毅力。

小芸的母親十七歲未婚生子後和男友分手，將小芸交給外婆撫養，在特種營業場所上班。直到國中母親再婚，才將她接來團聚，相隔許久的親情已被隔代教養的祖孫情所代替，母親的關切、繼父的視如己出也消弭不了小芸冰封的心，已絕望的溫暖只渴望在異性身旁得到安慰。

像受了詛咒般步上母親後塵，高一時小芸將青澀純情投射於瀟灑的學長，罔顧母親的勸阻和有犯罪紀錄的學長輟學同居，輕狂之戀讓彼此沉淪，小芸為供男友毒品在網路援交時被查獲，初來會所時惦記男友，情緒不穩定，在諮商師陪伴下她漸適應生活，現已規律重拾課業，期盼未來半工半讀。

我默默看著檔案，在前任諮商師悉心照護下接手，主任交付，希望以我們作後盾，支持她回歸家庭，找到真正的幸福。

她緩緩走進懇談間，她的神色有些落寞，時光瞬間流回那段青澀歲月，茫茫然不知飄向何處的孤獨。

——妳好嗎？

她輕微點點頭。

——妳們都對我很好。

她揚起臉，一雙眼睛清亮潔白：

——為什麼？

——每一個人都是獨一無二、無可取代的，都應該被珍惜。

這張臉龐透著稚氣，令我感覺溫暖的是她的微笑，非常柔和，好像是說很樂意獲得我的重視，那個微笑對我來說是種鼓勵和安慰，更是莫大的肯定。

她的眼神深處彷彿隱藏著害怕而容易受傷的純真，和她面對面時，可以想像在那漫長的時光裡，缺憾的親情像冰冷的風不斷地掠過，訴說著無法改變的故事，直到心門深鎖，門外春暖的和風再也吹奏不起。

——想家嗎？

她低下頭，抿著唇：

——他們有妹妹就夠了。

或許家的涵義對她說來很遙遠模糊，輕盈地沒有份量，乾涸的親情填補不了小芸內心的黑洞，青春時代常有種種不確定的幻想，這時的夢朦朧又憂傷，卻是一生中很美的樣貌，激藏的熱血只為愛情燃燒，似飛蛾勇敢地撲向火炬輝映青春的光芒。

小芸生而無父，母愛不及，後生的父親被拒進入她獨居的世界，而妹妹與生俱來的完整親情，怎不令她黯然歎息呢？她只想為生命找出口，為滿腹的美麗哀愁尋思，唯有如此才能證明自己真正活著啊！

我看著這雙閃爍透明光澤的眼睛，當內在傷痛到心已無法承受，再也無法喘息，自我彷彿被孤立在正常世界之外，是否用語言或表情構築一條通道，迎接別人走進妳的內心呢？

孩子，只要敞開心胸，思想會無遠弗屆，相信嗎？這個世界何其寬闊，包含了各式各樣故事，每一個都是不同的，有美妙就有失落、有雀躍就會有哀傷，如此圓融在一個世界中，這就是完滿啊！能體會嗎？歡喜讓人愉悅，傷痛卻令我們堅韌啊，若只是微風雨露妝點的小草，怎能成為經得起狂風怒號而巍然聳立的巨樹呢？人最動人的本質又如何顯耀呢？

——下次家人見面時微笑吧！

握起她的手，她臉上有一股恬淡美好的感覺，是放鬆之後的觸動另一種情感，這特別的情感彷彿在引領進入她的祕密花園。

天暗了，秋天來了，時間的腳步印在每一個季節，是那麼抽象又如此清晰，黃昏橙色的光芒，似溫水一般，浸潤了我稍疲倦的身體，我深切地感受到一股平靜的躍動自心靈深處不斷湧出來。

微帶涼意的天空中，開始閃出幾顆星星，沈入回憶的心，變柔軟了。愛，是什麼樣的感覺？有一點疼痛、悲傷和溫暖，回憶的足，踩在那一個已經過去的故事裡。

青春在靈魂的深處不斷燃燒，痛苦而不願放棄的痴執，緊緊握住那餘燼似的愛。有很多的痛苦、很多的寂寞與等待，但沒有遺憾和悔恨，所有的煎熬都會在成熟的歷程裡化為欣然的甜蜜。

夕陽慢慢向天際交界處滑去，天空的顏色漸漸變深，白日裡所有的慾妄和掙扎都歸入含蓄，黑暗寧靜想念相擁而來。霓彩斑斕中群雁劃過天空，我望向燈火璀璨的街道，今晚誰又在高樓輕唱屬於這個城市的聲音呢？

之三

緹雅生長在一個幸福的家庭，父親是職業軍人，性格忠實，為人誠懇，在軍中擔任重要的職務，工作非常繁忙，但每天按時下班回家吃晚飯，不抽菸喝酒也不打牌，和妻兒團聚也卸下了一天的疲憊。

母親溫柔賢淑，柔弱的身體做家庭代工貼補家用和照顧五個孩子生活起居，非常辛苦。母親雙手靈巧，會製作新衣，修改衣服，改短放長，脫線收邊，縫裡布，裝拉鍊，都難不倒她。附近鄰居太太都是母親的客戶，對她的手藝和平價的收費非常滿意。

大哥身體比較弱，從小常常感冒發燒四十度，病毒侵犯腎臟引發腎臟病血尿住院，整整一個月，母親每天往返醫院照顧孩子直到穩定出院。帶著大哥返校時特別告知老師，醫生交代不可劇烈運動勞累，請準免除升旗典禮和體育課。

還帶著大哥遍訪名醫，有一次在大雨中出門，回來時大哥穿著雨衣，並沒有淋濕，而母親撐的傘早已軟癱如泥，全身溼透，緹雅為母親擦去頭髮上的水痕，母親輕聲說沒關係，緹雅眼睛裡也泛起水霧。

大哥學校畢業後工作一段時間，開始出現尿毒的情況，原來是母親家族有腎衰竭的遺傳，大哥才二十幾歲就發病，每個禮拜要去醫院洗腎，母親瘦弱的身子總是陪著大哥，無論晴雨，好像還是當年那個七歲初犯病的孩子，對他的慈愛呵護沒有改變。

二姊高商畢業認識了男朋友，男友是個實在可靠的人，婚後兩人經營小餐館，先生燒得一手好菜，擅長煲湯，二姊會計兼外場，生意蒸蒸日上，店裡的氣氛沸沸揚揚，兩人忙得不亦樂乎。緹雅放假若是有空，會去店裡幫忙，看姊姊夫兩人感情和工作都密切地連在一起，為姊姊的幸福而高興。

緹雅四歲之前的印象是很模糊的，從有記憶起就是和妹妹睡上下鋪，每天晚上關燈後，睡在下鋪的妹妹就是最能談心的人。

——提琴課好玩嗎？

妹妹喜歡畫畫，對姊姊學小提琴很好奇。

——嗯。

緹雅喜歡音樂，喜歡小提琴的悠揚聲音，陪伴著她悠然神往，輕飄飄地，寫功課時聆聽也會靜下心來。

——可是……

緹雅的聲音有些遲疑：

——我只是喜歡聽，讓音樂充滿內心，有一種滿足愉快的感覺。

——哦，就好像我喜歡塗鴉，但是畫的並不是非常好，是嗎？

妹妹的聰慧直接說中她的難處，緹雅心裡有一絲絲失落。

自從學提琴以來，緹雅上課很認真，下課後還留在班上繼續練習，直到看到下班趕過來，滿頭大汗的大哥站在教室外面，才依依不捨地放下提琴，跟著大哥離去。

父親的一份薪水，母親幫人車衣服賺的微薄工資，要負擔大哥的醫藥費和五個兄弟姊妹的生活費已經很吃力，她實在不忍心讓母親再為她的學費操心，更捨不得浪費寶貴的金錢。

——我還是不學了。

她知道自己的音樂天賦僅止於欣賞，喜歡美好的聲音駐留在心裡這就夠了。妹妹同意的語氣帶著幾分惋惜，但更堅定了緹雅珍惜時間，把握時間的意志，去做更有意義，更值得做的事。

從小看母親為人做衣服，修改衣服，客廳裡從早到晚迴盪著縫紉機轉動的聲音，緹雅小學五年級一天放學回來，母親將客人訂製的衣服剩餘的布裁剪了一件洋裝，眼前這件粉紅色像洋娃娃的衣服，讓緹雅張大了眼睛：

——是給我的嗎？那姊姊和妹妹呢？

——剩下的布不夠上國中的姊姊身高，下次再作妹妹的。

母親疲憊的臉龐平靜而柔和，緹雅心裡溢滿溫暖，拚命壓抑快要滿出來的驚喜，妹妹微笑要緹雅趕快穿上，讓自己好欣賞姊姊俏麗的模樣，分享她的喜悅。

永遠記得那第一件新衣是來得多麼不容易，母親幫人修改衣服多，偶爾才有訂製衣服的機會，剩餘的布會作成小布包給三姊妹用，或是作成端午節的香包掛在身上。能夠作一件連身裙穿在緹雅身上，顏色是如此地粉嫩，襯著緹雅兩頰緋紅的臉，這是一貫繼承姊姊的衣服，難得過年也是兄弟姊妹輪流添新衣的家庭成長的緹雅，作夢也不敢想像的奢華啊！

這一件「新衣」一直保存在緹雅的衣櫥裡，夢幻的色澤早已淡去，但第一眼看到時的驚喜和第一次擁有的激動，久久在心裡迴響。這綿綿的親情像蔓延的藤葉一圈圈將她圍繞，包裹住密密實實地，無論遭遇任何困難她都不會害怕，因為上天的恩賜讓緹雅感謝一切。

母親看著緹雅穿上新衣，笑得燦爛，欣慰地摸著她的頭，讓她確切體會這一件新衣是一個開端，是她的人生路上第一個寶石，是親情賦予的美好啟發激勵了她，要堅強獨立去創造自己的未來。

大哥身體不好，除了上班都在家休養，姊姊店裡生意忙，只能在過年回家來看望父母，家中的事就落在漸漸長大的緹雅身上，課餘到姊姊店裡幫忙外還要分擔家事，照料弟妹，妹妹體恤姊姊，也幫著照顧小弟。

妹妹成積好，可以考上公立高中，她想早點就業，減輕家裡負擔，她選擇了國立商專就讀，母親不捨妹妹，讓就讀私立高中的緹雅心疼不已。

——妳不是喜歡唸設計嗎？

緹雅握著妹妹的手，眉間現出愁容。

——唸商好找工作啊。

——如果不是因為我……

——我們是最親的人，我們都愛這個家，不是嗎？

母親環住姊妹倆，緹雅撫著妹妹的頭，內心充滿感動，這份濃厚的親情讓她產生了無比的能量與勇氣，讓她無所畏懼的邁向前方的道路。

緹雅高中和同班同學產生了一絲絲情愫，初綻的花蕾純白無瑕，倆人一起唸書，互相加油打氣。考上夜大的緹雅和保送體育系的男友，感情隱約又青澀，月光輕灑或細雨霏霏的晚上，總見到練完球的他在校門口接緹雅一起回家。

緹雅大一在速食店打工，煎漢堡肉時曾被燙傷，但時薪高又可彈性安排班次，和同事相處融洽，仍然勝任愉快。晚上上課時有些疲累，但只要想到可以自給自足，不需家裡負擔學費和生活開銷，就立刻打起精神聽講，堅持面對枯燥無趣的課業。

熬了一學期，緹雅知道這個科系不適合自己，無法發揮所長，她決定休學重考，重拾才放下不久的高中課業，生活重新安排，白天補習，下課打工，假日盡可能不排班，利用補習班開放的溫書教室確實地複習功課。

第一次到溫書教室，緹雅在平日上課的座位坐了下來，旁邊的陌生臉孔看著她：

——同學，這是妳的座位嗎？

緹雅疑惑地望著他，點點頭。

——溫書假的座位表在公佈欄喔！

男生無奈眨眨眼，緹雅淺笑化解了尷尬，挪到正確的座位後，回頭看到一個臉龐斯文，略顯削瘦的身影，坐在自己剛才坐錯的位置和身旁的同學輕聲交談，提醒緹雅查看布告欄的男生笑了兩聲，斯文的男生不露表情，靜靜看書，流露淡淡的傲氣，不禁吸引了緹雅的注意。

過了一個禮拜，星期六早上緹雅剛進教室，斯文男的同學攔住她：

——中午想去速食店嗎?有人想請妳。

善意的笑容令她不好拒絕。休息時間，她好奇地望向那安靜的面容，依然低頭專心眼前的書本，好像身旁的喧譁都無法影響他，斯文男的沉靜和男友籃球男的活潑是兩種典型，對緹雅來說都像是驚喜，讓人願意接近，揭開那層青春的面紗。

速食店的門口，斯文男旁的好兄弟笑嘻嘻地，斯文男仍然靜靜的，看著緹雅走近，三人點了餐坐下來，

——那天妳坐了我的位子。

清秀的面孔嵌著個性的嘴唇，輕輕地發出磁性的聲音。

——是啊，我不知道文理組合併在一個教室。

緹雅不好意思地笑出來，斯文男露出輕鬆的表情，這是緹雅第一次看到帶有幾分傲氣的他卸下防衛，緹雅也跟著放鬆起來。

——我的名字很簡單。

——真的簡單好記呢。

緹雅笑著交換自己的名字。

人文的高中成績不錯，聯考結果卻不理想，與他優良家世背景的期許有一段距離，唸理組的他自我要求也高，除了唸醫學院為第一志願，也同時提醒緹雅語言的

重要，必要時學習各種語言，才能規劃更好的未來。這和緹雅原本喜歡英文，準備有機會補習英文和法文的想法吻合，對人文的進取心感到佩服，能認識這樣優秀的朋友覺得很榮幸。

童年的美好回憶是緹雅的精神支柱，每當心裡鬱悶時，她總會上街走走，繽紛的櫥窗擺飾彷彿能化解煩憂，巧思的衣飾設計打開了欣賞的視野，一波波襲來衣裳跳躍的身影，街景也亮麗了起來，時尚的美妙滋潤緹雅的心田，從心深處開出一朵朵自然飛揚的小花。

聚會時，緹雅會分享時尚資訊的心得，籃球男總是默默的聆聽，不會發表意見，對平日總是恤衫牛仔褲的他來說是新奇有趣的。

畢竟女孩的世界是男孩無法想像的多姿多采，而在這花花世界裡的女孩勇於冒險探索，去尋找自信，獨有，只為自己美麗，綻放屬於自我的花，可能跌跌撞撞，可能跌落谷底，可能破涕為笑，欣喜收成，這是成長的歷程，也是每個女孩蛻變的代價。

而人文的個性和籃球男截然不同，他總是叮嚀督促緹雅要努力認真唸書，課業以外的雜事都只是浪費時間，是不值得的事。

人文家境優渥，從來衣食無缺，不需打工，不需擔心所有費用，他的人生唯一要做的事就是考上醫學院，也許根本也沒有煩惱，又如何能體會和他有著天壤之別生活的她，從小最奢侈的願望，只是能有一件姊姊或是別人沒有穿過的，自始至終，完完整整屬於自己的新衣呢？

人文希望緹雅為聯考全力以赴，沉迷物質享受只會迷失自己，讓自己被欲望控制，成為物質的奴隸。

緹雅心裡知道，現在並沒有能力去得到什麼，去追逐什麼，但很清楚自己嚮往的未來是如何的一種風景，而嚮往是理想，是付出，是可以實現，可以獲得回報的，緹雅只想在這條漫長艱辛的道路上，以欣賞兩旁美麗風景的心情，不奢求得到，也不阻攔停止欣賞；等待那一天的來臨，她將以平靜的心，寬敞的懷抱接獲欣慰的果實，那怕是些許點滴，她都心悅誠服。

聯考放榜，人文和緹雅雙雙榜上有名，兩人都如願以償唸了第一志願，人文歡喜地提議，想帶緹雅回家正式介紹給家人認識。人文聊了許多家裡的情形，尤其是父母親的嚴肅和權威，緹雅心裡高興在人文心中的位置，又難免不安，彷彿已經知道未來的結局，仍然是平靜的接受這個安排。

從踏進家門的那一刻起，迎來世故審視的眼光，到應對雙親凝重犀利的問話，緹雅只是暗自惋惜，人文出身這樣的家庭造就了優秀上進，自我要求的性格，她感到幸運能認識他，心裡已經決定讓這段感情淡淡地，順其自然，就是對人文最好的回報。

再次回到大一新鮮人的行列，在補習班擔任導師的工作，早晚點名，收集作業，發布考試名次……等很多行政工作，對唸公共關係的緹雅來說，一段時日就駕輕就熟，遊任有餘，深得班主任的重視。

大三時緹雅進入飯店工作，應對進退，待人接物，人際之間禮儀和處理事情的方法都是磨練成長的機會。大學畢業時緹雅已具備豐富的工作經驗和成熟的人格特質，在進入社會真槍實彈的都市叢林中，她選擇了前景看好的新興行業——人力資源公司一展抱負。

妹妹商專畢業，很快找到工作的她，手中拿著薪水袋站在母親面前，母親婉拒了妹妹的好意，略顯蒼老的面容慈祥而堅定。

緹雅從提袋裡拿出了一件洋裝遞給母親，母親的雙眼閃著朦朧的光，靜靜地凝視衣裳，輕輕撫摸這觸感柔細淡紫色的禮物，幼時在旁看著緹雅歡喜地穿新洋裝，那份欣慰的喜悅如今寧靜地呈現在緹雅臉上，母親有些皺褶的眼角微笑而垂下來，緹雅抱住母親，妹妹眼眶也溼潤了起來，母女三入共渡了一個溫馨的夜晚。

緹雅和妹妹學業完成，都找到了適合的工作，眼看著這個家的兩位功臣父親可早些退休，母親埋首布料，針線，剪刀裡，髮蒼蒼視茫茫的日子即將結束。

但年近半百的母親終究逃不過家族的遺傳，承襲了腎臟功能漸漸衰退的事實，還需要照顧越漸衰弱的大哥，接著母親也需要陪伴就醫洗腎，這一切的考驗都讓緹雅坦然面對命運，不能輕易低頭。

母親撫著姊妹倆的手，讓倆人放寬心，不要擔心家裡開支，將薪水存起來，家裡無法為女兒準備嫁妝，委屈妳們了。母親從小叮嚀的話，一切要靠自己努力，靠自己最實在，這些話緹雅從未忘記，也是父母送給兒女最珍貴的財產。

她感到很驕傲，自己一直遵循著家訓，認真地白天工作，晚上上課，完成了大學學業，同時累積了工作經驗和一筆積蓄，這是自小生長在優渥環境中的人所無法獲得的財富，白天工作遭遇困難，晚上課堂間難免會疲累，緹雅不以為苦，因為如此才能讓自己越來越堅強，可以迎接更大的挑戰。

因為擁有了寶貴的工作經驗和良好的人際關係，緹雅的社會新鮮人作得不慌忙不害怕，可以擔任更高的職位，學習到更多待人處事的道理。

同事的相處也很重要，互相幫忙也互相較勁，希望建立良好的情誼也需要顧及利害衝突，同事間如果關係緊張，工作無法推動，關係良好，又有人情的壓力，緹雅在做事的同時還要管理員工，讓每一個人的優點充分發揮出來，帶給大家利益，這是磨練自己也是訓練別人的機會。

平常工作壓力大的時候，緹雅最能放鬆的事就是聽聽音樂和看最新的時尚雜誌，不論是居家設計或衣飾佩件，這些純淨或絢爛的色彩，優雅的線條和各種型態的美，都可以讓她緊繃的情緒放鬆，心情得到紓解。

小時候母親的縫紉機旁唯一的一本服裝雜誌，緹雅不知道已翻過多少遍，封面日本模特兒的臉孔和身上的服裝早已斑駁不清，書頁角落捲起，書頁中摺痕纍纍，上面原子筆的筆跡也不易辨識了，母親就是靠著這僅有的唯一，賺取微薄的收入支撐著這個家走過酷暑，走過寒冬，走過年華飛逝，走過青春不再。

緹雅覺得自己很幸運，很早就懂得獨立，懂得將自己準備好，只有這樣才能掙脫母親那個時代的命運，才可以享受擁有的權利：訂閱精緻的雜誌，吸收時尚的訊息，瀏覽華麗的櫥窗，偶爾買件昂貴質感的衣服，家飾或物品犒賞自己。

這所有的一切都是以往只能遠遠看著櫥窗，或是低頭快速走過去，連看的勇氣都沒有的她遙不可及的夢，如今她還擁有一個更大的理想，在多年的歷練後，終於為自己也為這個家寫下一些什麼。

下班前緹雅接到了人文的邀約，兩人一段時間沒見了，雖然還是不時地受到他的問候，但緹雅始終不想阻礙人文的幸福，在心裡總是默默祝福他。

人文仍是一如以往，像朋友，像哥哥，像親近的家人，不厭其煩流露的關心，還是隱隱約約牽動她平靜的情緒，海風吹拂著緹雅的頭髮，人文只是凝視她飄散髮絲的臉龐，欲言又止。

——怎麼不和我聯絡？

內斂的人文說出這樣的話語，緹雅知道背後的含意。

——你好嗎？

他望著一捲捲翻騰的浪飛起落下，並沒有回答。

父母親為人文安排了結婚對象，雙方家世相當匹配，學商的女兒有良好的工作發展自我，如在家相夫教子，作醫生娘也是相得益彰，況且對方準備赴美的計畫已久，萬事俱備，只差人文的點頭答覆了。

人文慢慢地說完這段，緹雅心裡微微勾起的情緒輕輕地放下，終於走到這一段分岔路，從今爾後就是兩個世界的入口，各通往自己的方向，緹雅無力挽回什麼，人文更無能改變什麼，夜漸漸深了，浪潮的聲音迴盪在兩人間，那麼清晰深刻又如此無言。

緹雅開著車在一幢新落成的大廈前停下，陸續下車的臉孔紛紛流露驚喜的眼神，笑容滿面的接待小姐迎了過來，緹雅攙著母親走進一樓大廳，米白的底色鑲嵌琥珀色，高雅自然，母親微笑表示讚賞，父親也欣然同意。

緹雅已經來看過很多次，慎重地簽約付款，這是第一次有能力為這個家作些什麼，雖然僅僅是兩房兩廳小小的家，但是能讓父母和大哥同住電梯新房，自己和弟妹陪伴著老屋，緹雅已心滿意足。

年近三十的緹雅，人生中第一次擁有自己的房間，不需要將下鋪讓給妹妹而爬上爬下，不需要再和妹妹共用一個簡單的塑膠衣櫥，共用一張書桌。

緹雅蘊藏了點點滴滴累積的時尚素養，對風格的塑造和品味的要求，終於完成了改造的工程，從房間的顏色，衣櫥的設製，到燈光的投射，打造了夢想的城堡——僅僅是一間並不十分寬敞的房間，緹雅只添了一張新床，書桌和化妝枱。

緹雅心裡滿滿的幸福感，如同幼年穿上第一件完全屬於自己，那種獨享的新衣的滿足，那種第一次的喜悅像一份軟暱的甜點，像一匙奶蜜的冰淇淋，也像一杯香濃的咖啡，在舌尖，在喉間化開了蜜稠的滋味；更像一幅畫，一曲音樂，一首動人的詩篇，迴轉繚繞，緩緩地，深深地烙印心靈，久久無法忘懷。

人文的用心，緹雅從來都放在心上，一路走來，她一直懂得珍惜那自幼微少的幸福，那微少的幸福是心靈的支撐，是心願的發源，是想像的翅膀，也是夢想的推手。

那更是甘露，是溫泉，潤澤她平凡的日子，像一坏豐饒的土滋養著微小的生命，點燃了陰暗中的盼望。

也不曾忘記人文的善意，他生於富貴，卻有堅定的意志和目標，鼓舞了緹雅認真生活，為家人為自己，改善往更好的方向前去。

不縱容自己沉溺於追逐物欲，保持一個單純清明的心，緹雅會鼓勵自己享受辛苦工作換得的報酬——欣賞的衣飾，物品，適度的享受獲得是出於自己的努力，和別人賦予的獲得是絕然不同的。

當初親自面試緹雅進公司的董事長，一直有心栽培提拔她，從訓練琢磨她的業務能力，到如今升上業務經理，對緹雅的照顧已超過上司對員工的付出，這一路走來緹雅非常感謝，將這份恩情化為努力工作來回報。

因為她無法拋下青梅竹馬的男友、從高一就相伴的戀人，即使董事長的條件優秀，用心呵護不遺餘力，她婉拒了這份情意，仍然選擇了籃球員的男友完成終生大事。母親瘦弱的身子在婚禮中危危顫顫，父親牽起緹雅的手，在母親的含笑注視中託付給新郎，這是醫院發出病危通知後，渡過難關出院返家的母親此生最大的安慰。

就在緹雅展開人生的新頁，同時也是母親頻繁進出醫院的開始，每次接到醫院發出病危通知，緹雅總是奔波於辦公室和家庭間，新婚生活的喜悅還來不及體會，就必需承受更巨大艱難的考驗。

愛情長跑十數年的戀人，竟在結婚三個月後彼此相對無語，緹雅回憶以前每天和練完球的他一起回家，兩人默默相依，言語彷彿多餘，兩人已擁有對方的全部，開朗的籃球男總是欣賞緹雅的見解和想法，雖然他的話不多，但總能帶給緹雅依靠，如今母親的病況危急，正需要身旁的他的安慰，卻得不到任何回應。

婚後半年，籃球男開始和朋友合夥作生意，緹雅總是等不到他的歸來，從母親送醫院急診處趕回家，開第一盞燈的永遠是自己，在病床前落下的淚水，是對母親不捨的心疼，也為自己無所依而黯然神傷。

母親已卸下重擔，沉沉的安睡，此刻是最舒適的時候，緹雅只希望母親最後的旅程不再有牽掛，兒女都已長大，無論人生路上遭遇阻礙挫折，母親的堅強已教誨了方向，緹雅再看一看母親安詳的面容，輕輕帶上門，開著車在大雨滂沱中，抹去了淚水，她想要看的更清楚那一條是回家的路。

母親人生的最後，兩鬢飛霜的父親，只是默默的守著那越形單薄的身軀，摸著枯竭的手，專注看著一生相伴的母親。

母親迷濛醒來時會微微的笑，像踩著縫紉機時臉上淡淡的笑，像照顧五個孩子穿衣吃飯時慈愛的笑，像叮嚀上學物品帶齊了沒時溫暖的笑，像檢查考卷和看成績單時慈祥的笑，傳統婦女的溫柔嫻淑就是一幅母親的畫像。

凝望著這幅畫，總讓緹雅回憶起四歲以前那似有若無的影像，母親在孤兒院的紅色大門口牽著緹雅，大哥和姊姊跟在身旁，修女微胖的身子靠近緹雅，摸她的頭，點頭和母親道謝，含笑看著母親帶三個孩子離開。

大哥剛開始洗腎時，回到母親的戶籍地，申請貧戶清寒補助，登記地址是高雄市的一戶富裕人家，寬大的庭院花木扶疏，襯著深色的大門氣派高貴。

彷彿看見了年輕軒昂的父親，穿越綠茵草秤，在眺高的大廳等待嬌美的千金小姐，母親羞怯的臉映著純潔的白紗，平凡家庭出身的父親牽起母親的手走過紅毯，眼裡寫盡愛意的父親願以一生相守，回報摯愛。

父親短暫的生命僅僅三十年，家族遺傳腎衰竭的魔咒還是降臨在父親身上，千金小姐出身的母親個性嬌弱，無法養育三個稚齡的孩子，那年緹雅只有兩歲，母親將兄妹三人帶到孤兒院門口，交給了院長，而後再婚去追求新的人生。

母親不忍讓大哥的骨肉流落在外，將大哥的三個孩子——哥哥，姊姊和緹雅，從孤兒院領養回家，姑姑代替母職撫育三兄妹，再添了一雙兒女，就是緹雅的弟妹。

緹雅十歲時母親說出了這個故事，已上高中的大哥和姊姊只是默默的聽著，臉上沒有表情，緹雅小小的心靈並沒有受到衝擊，也從未想過要見親身母親，更沒有任何怨恨，因為姑父就是父親，姑姑就是母親，表弟妹就是親弟妹，這一個家庭永遠都不會改變。

緹雅凝視著母親最後的面容，腦海裡都是溫暖的片段，層層疊疊湧現，蘊含了感動的恩惠，她從不認為曾失去什麼，自己和別人有什麼不同，母親如大海般的愛，寬闊的懷抱，包涵容納了一切，始終如一的堅守著這個家，讓緹雅沐浴在愛中，體會了愛，懂得了愛，願付出愛，更能回饋別人的愛。

在家人的圍繞陪伴中，母親放下了煩憂辛勞，安詳的離開，緹雅回到了家，一個人靜靜地等候，等待一種結果，也是一種有意的安排。

她從不相信命運，上天已給了她許多，給了她完整的家，給了她慈愛的父母，給了她兄弟姊妹，給了她堅毅的性格，也給她獨立自主的能力，聰敏的頭腦和冷靜的智慧，這一切緹雅感謝上天的恩賜，讓她無憂無懼面臨一切的改變。

鑰匙開門聲落下，門把轉動時緹雅深吸了一口氣，坐定，門後那張曾熟悉的臉孔疲憊而平靜。

——還好嗎？

籃球男點點頭，頹然坐在對面，拿出來在緹雅心中思索很久卻不困擾，不意外見到的那份文件，簽完自己的名字最後一個字，緹雅看了一眼這曾經的最初，那婉拒了柔情的人文而忠於的初心，那走過的青春，沒有遺憾責備，不曾埋怨，只是感謝這一段歲月所凝聚的養分，如今都飽滿地累積成緹雅的現在。

輕輕說了聲謝謝，籃球男低頭轉身走出了緹雅的視線，就像人文必須走向自己的方向，籃球男沒有回頭，人文也不能留戀，每個人在時間的潮水裡順著潮流向前，流往該去的方向，也許灑脫，或許失落，潮起潮滅，聚散總有盡時，緹雅的生父母，撫養長大的母親，大哥，籃球男和人文都一一離去，緹雅只能輕輕地擦拭淚水，整理自己略顯凌亂的羽翅，因為還有很多的安排迎接著她。

一個人的生活可以再度認識自己，與自己相處。選一種咖啡，搭配典雅的咖啡杯，在綴滿花朵的房間細細品嚐；選一本書靜靜地消磨，在一個悠閒的午後；選一張碟子，讓音樂瀰漫在身旁，在四周，停留在心裡。

一個人的自在是無盡揮灑的自由，那種無拘無束，像春天的圖案潑灑在畫紙上，渲染開明亮的彩度，像投影在照片上的人物，笑容無邪燦爛地深刻，緹雅享受這個自在，在與自己相遇的時刻裡。

工作了這麼多年，為家人換得的小屋，大哥和母親相繼離去，為父親養老準備，緹雅很心安，為自己的夢想一一實現喝采，生活裡的獲得都是努力的點滴，母親的教誨塑造緹雅認真，勤勞的特質，在平淡中變幻不一樣的節奏，緹雅的腳步不曾停歇，築夢的心越來越明白，她正以一步步堅決朝向追尋的城堡。

每次打開衣櫥，依照色彩濃淡排列，巧心的意念，每一件傳達不同語言的服裝，都會讓緹雅回想起小時，母親為客人製作衣服的時光。

緹雅總站在旁邊，看著母親將一塊平面的布裁剪成立體的衣服，沉睡的花朵甦醒了，開出絢麗的顏色，母親將新衣掛起來，絢爛的花朵彷彿要躍到眼前爭奇鬥艷，搶先讓人欣賞。

這對緹雅來說太奇妙了，母親就是布料的魔術師，她的腦海裡閃爍著衣服的畫面，她的心裝填了慧質幽蘭，巧奪天工的手藝握著猶如魔杖的剪刀，一塊塊沉睡的布讓魔法紛紛喚醒，展現它們最得意的姿態，將緹雅帶入了魔幻世界，緹雅的幼小心靈充滿了神奇變幻的夢境，引領著她朝向那觸手可及的境地，探尋挖掘屬於自己的夢。

一個人的輕鬆都寫在臉上，緹雅可將全部心力投入工作，將能力發揮到極致；一個人的愜意，在下班後可以盡情流漣，每一樣寄情的物品，讓緹雅的情緒得到抒發，感情得以慰藉，壓力都可以獲得釋放。

辦公室裡切切嘈嘈，女孩們擠在一起：

——她抽屜打開都是指甲油，各種顏色都有耶。

——唇膏也是啊，什麼顏色滿抽屜都是！

——妳看她每天的裝扮，從衣服，皮包，鞋子到耳環，手鍊，樣樣都不缺，嘖嘖。

業務主任插進來，高聲喊話，宣洩一直以來的不滿。

緹雅的才能深得董事長的重視，容貌的出色和時尚的外型更是同事羨慕的對象，緹雅並不希望惹人注目，年紀輕輕就坐上業務經理的位置，能力強，美麗又幸運，是會引起辦公室裡的話題的。

所有人當中，總是有一雙讚賞的眼神注視著，無論緹雅時而年輕俏皮模樣，或是馥麗華貴的套裝，還是清新恬靜的淡雅，在董事長的心裡都是當初面試第一眼的印象，他始終相信這種感覺，雖然緹雅年輕卻很有想法，經營自己也顧及團體利益，具備領袖氣質，假以時日一定是個人才。至於那些同事間的耳語，都是豔羨緹雅的優秀，只是更明確了緹雅在自己心中的份量。

籃球男離開了一年後，妹妹找到了歸宿，父親經入介紹和一個伴侶交往，緹雅已沒有牽掛，肩上的擔子也算卸下了。

和董事長朝夕相處這段日子以來，為他的聰明才智深深折服，他的和善，耐性勸說溫暖了緹雅，一個人自由的時侯，孤單被包藏得很隱密，容易忽略它的存在，其實一直都在角落，在深處，緹雅無需去面對，更不可能體會。

董事長像暖陽，像春風，撫慰了緹雅不容易察覺的傷處，消融涵蓋住大部分的寂寞，緹雅心裡微微地振動。

一直以來緹雅為這個家，為工作，為別人付出最好的心意，最大的代價，如今她想為自己尋求一個心靈的安放處，女兒滿月時頭上繫著粉紅的蝴蝶結，在喜慶的滿月酒喧鬧聲中靜靜沉睡，安靜的神態讓緹雅很滿足，喜悅全顯現在臉龐。

緹雅的生活邁入全新的篇章，董事長的和善，讓她為工作盡力盡心以外，家裡所有的事，包括緹雅個人的習慣喜好，他並不干涉，讓她完全自主決定。

從家裡的擺飾布置，設計裝修，緹雅個人對服飾，物品的品質和品味的要求，到董事長的衣著風格，緹雅都一手打理。

緹雅蘊含時尚的素養，選擇適合董事長的個性，氣質，結合工作性質和環境需要的服飾，董事長清新明快，又不失莊重威嚴的形像，贏得公司主管，員工，從上到下無不稱讚欣賞。

眼光準確，掌握潮流脈動的緹雅，充分發揮了個人的喜好，享受時尚賦予生活的樂趣，變化董事長過去刻板，一成不變的衣著習性，倆人相互輝映，辦公室的色彩明亮了起來，所有人的心情也隨著輕快了，是緹雅的用心回報在適當的時刻。

時尚是生活的香水，適度地噴灑，令人心情愉快，情緒為之興奮，身邊的人也感染到怡人清香，是增添自信，表現自我的享受，是重視品質和品味的享受，更是一種將美好的感覺，獨特的意念分享給別人的享受。

它所包含的已超越物質的意義，帶給人精神層面的喜悅和滿足，因為追逐時尚和享受時尚是不同的，前者是被時尚控制，隨波逐流，茫茫然跟從，失去自我意志。

而時尚導引一種概念，可能是創新，也可能是運用既有的現況再嘗試改變，可以享受，可以捨棄，主導權在自我，是享受賦予生活的變化，欲望適當程度的補償。

享受時尚是對人性的尊重，欲望與貪婪並不對等，時尚是一種刺激，所帶來的欲望是嚮往想念，是推進的動力，這種盼望必須擁抱，應該被允許的；而貪婪是無盡地獲得，是一種佔有的滿足，無法分辨珍惜的快樂和佔據的快感，那就辜負了時尚的美意，淪落物欲的陷阱，萬劫不復了。

緹雅將時尚融入生活，讓家庭的氛圍優雅自然，也蘊含格調和雅緻，重新擁有家的感覺是一直以來的渴望，緹雅用心營造，想讓家人感受被尊寵被重視的感覺。

舒適的日子容易讓人無憂，但身邊隱含的禍害卻悄悄地侵蝕著平靜，緹雅的輔助提昇了公司的成長，正當享受成果時，朋友的關心提醒了緹雅。

當緹雅知道，董事長身邊最親近的人並不是自己時，全心維繫換得的家園，眼看就要被掠奪了。她絕對想不到，到外地出差的董事長和秘書竟然在時尚名店區雙雙現身，緹雅冷靜和她面對，靜靜地辭退秘書，那張年輕的臉露出一絲絲好勝，緹雅並不在意。

緹雅並不在意她的介入，可能是某個時刻，董事長和緹雅心裡過不去，而秘書的一句話，一個動作適時的補足了缺憾，緹雅從不怪罪埋怨，尤其是對最在乎的人，她只是接受事實，繼續走向前方的路，因為她的心是安定的，她就這麼告訴自己。

新婚的甜蜜在女兒尿布奶瓶忙碌中匆匆而過，公司增添了緹雅的得力輔助，業務推展大有收穫，笑口常開的董事長積極參加很多社會團體，想擴展人際關係，為公司更上層樓而準備。

事業順利，年輕氣盛的他，接觸的對象都是和他相似的公司負責人，環境優渥，出手大方，經常以牌會友，夜不歸營，內心被蠢動的欲望占據，煙酒不碰的生活習慣沾染了污點。

半夜三點大門開鎖聲響起，疲憊的董事長無奈地蹙眉，緹雅知道一定又在牌桌上失利了；早晨出門時，緹雅不忍心搖醒還在熟睡的他，她獨自進公司處理事情，直到下午三點那昔日勤奮的身影姍姍來遲，才一瞬間下班時刻一到，還來不及溫熱辦公間的冷清寂寞，董事長又跨上了車揚長而去，留給緹雅的又是漫漫長夜，無盡的等待。

著了魔的心從此看不見朝陽，看不見英姿勃發的幹勁，看不見妻子翹首盼望的眼神，更看不見緹雅午夜夢迴默默抹拭的淚痕。

董事長甚至和同好專程到賭場試試身手，賭徒失心瘋地將所有曾經對事業的拚搏，美好前景的奮戰不懈，和與緹雅共同編織的綺麗，所有一切的曾經都狠狠地打散，孤注一擲拋到遙遠的天邊，再也尋不回來了，聲嘶力竭的哭喊也喚不醒被心魔佔據的靈魂了。

更無奈的是緹雅只能強忍淚水，強打起精神，因為公司和孩子都需要她，緹雅像個陀螺只能拚命地轉，絕不能停止，好像一鬆卸就會崩潰，一軟弱就會瓦解，小女人渡過一層又一層的浪高，何時才能抵達希望的彼岸？

緹雅將公司經營得有聲有色，擴充了辦公室的規模，慶賀喬遷之喜才剛落幕，約簽兩年，支付半年押金的辦公室即將關閉。緹雅為公司的成長所付出的心血，在昔日有為的董事長，如今卻著了魔，淪為賭徒的瘋狂行為下，積欠了大筆債務，讓所有一切付之一炬，化為烏有。

幾度赴賭場狂賭，終於將座落山上，有著大片落地窗眺望新店溪的景觀樓房，緹雅蘊藏許多心思布置的家毀於一旦，還賠上婆家的兩棟房子，都不足以還清債務，法院裁定公司負責人需定期出庭報到，分期付款將債務償還給股東。

與買方簽定合約時，緹雅深深嘆了一口氣，回到即將過戶搬離的家，站在入口處，雕花古銅色烤漆的大門在豔陽中輝映沉穩的光采，穿過門，希臘女神的塑像透露典雅寧靜，每當緹雅站在她的面前，總想起母親平和溫柔的模樣，像微風輕輕地撫慰著，徬徨的孩子不再迷惘，母親的溫暖會包覆傷口，母親的祥和會浸潤孩子乾涸的心。

打開大門，穿過玄關，緹雅再望望特別設計的衣帽鞋櫃，每一雙精緻的鞋都令人憐惜，彎曲的弧線造型，緹雅的時尚涵養看待藝術品般珍藏；挑高的客廳迎來大片的陽光，義大利的燈飾，家具，每一件配飾，每一個目光的焦點，歷經長時間的醞釀，緹雅心心念念，這是一個有歡笑，有成長，有付出，有報償的完整的家啊，緹雅定定地望著，閉上雙眼，揚起臉龐，不再回首。

走入臥室，淡紫色調的空間，從床的擺設，沙發靠，燈飾到寢具，緹雅運用時尚經典元素入畫，就像一張雅緻的水彩，一幅低調華麗的油畫，令人流漣，陷入不已。

就像送給母親的第一件淡紫色的洋裝，母親臉龐流露的光彩，始終呼喚著，鼓舞著，包圍著她，為自己所鍾愛的勇於追尋，這分執著流露在深愛的家人身上，在完美的家，點點滴滴，無處不在。

特別定製的穿衣間裡，緹雅為董事長挑選的服裝排列有秩，等著男主人領先享用，在適當的場合，為他的領導才能增添說服力，為他的自信勃勃增添親和力，服飾的魅力無遠弗屆，緹雅的藝術修養和時尚素養，讓自我潛能發揮，更成就了董事長的從容得體。

環顧這個家，緹雅學習母親當年的堅持成全了家人，成全了緹雅自小懷抱的夢想，構築家園的夢終有自我實現的時候，曾經努力過，堅守過，凡經歷過必留下痕跡，緹雅還是感謝。

感謝與董事長的曾經，感謝上天賜予兩個可愛的孩子，緹雅並沒有輸，無論遭遇什麼，母親的呼喚點亮了前方的燈火，即使光明微弱，那怕是些許溫熱都足以安慰。

緹雅回到了老家，找了新工作，想接孩子來住，婆家堅持提出分居條件的緹雅不能撫養孩子，兩個孩子都必須歸屬父親。對緹雅來說失去一切都比不上骨肉分離，只能以拚命工作麻痺自己，所有的掙扎都是為了爭取孩子撫養權，望著母親慈愛的遺容，緹雅的腦海一遍遍地縈繞溫暖的話語，這一刻她的心裡充滿堅定，似乎已經有了確定的答案，在不久的未來。

緹雅將點點滴滴的收藏：衣服，飾品，配件，生活用品全部一一檢視，值得珍藏的，細細包裝帶回老家；空間容不下的，緹雅願意割愛，分送給同事，朋友。

收穫緹雅贈予物品的人都非常驚喜，因為緹雅注重生活品質，從衣服飾物，居家用品，擺設裝飾，緹雅用心在每一個細節，鉅細靡遺，從不疏漏。

緹雅喜歡用心在欣賞的事物上，培養自己的審美觀，對美學的感受，對時尚的選擇，對品味的要求，對風格的掌握。這些訓練和認知，對緹雅來說是磨練，是享受，是寄托更是慰藉，可感動緊張的神經，改變呆板的心性，讓藝術色彩軟化僵硬的心靈。這些變化是日積月累，長期持續的心靈改造工作，讓心靈更唯美，心緒更純淨，心性更堅定，心思更清明。

看到收穫禮物的女孩們，從心底綻放幸福的花朵，也許她們並沒有寬裕的預算，購買高品質的物品，但欣喜優美的事物是基本權利，每個女孩都是自己的主人，是自己的女王，都應該被尊重，被鼓舞追尋，擁有改變自己生活品質的能力，得到夢想的皇冠。

緹雅看到了女孩們的快樂，享受了分享的喜悅，這是緹雅在一片昏暗中最高尚的滋潤，潤滑了那似有若無的傷口，令緹雅心底湧現豐富的激昂，即使是些許的激勵，都是安慰。

緹雅聽著音樂，一邊整理衣物，將衣服依色彩深淺，季節變化排列，老家的收納空間有限，只能陳列平日適合辦公室的衣飾，其他衣飾只能一件件摺疊收藏，緹雅特別準備了許多整理箱，衣服，飾物，佩件，生活用品都分門別類放置。

緹雅珍惜自己的心意，尊重物資的來源不易，緹雅回想起小時候，全家分享一桶冰淇淋，一盒巧克力，一個日本富士大蘋果，五個孩子過年輪流穿新衣，孩子臉上流露歡欣的滿足，這對富貴人家來說不算什麼，可是卻讓緹雅平凡的童年深藏彌足珍貴的回憶。

每次回想起這段，緹雅總是溼了眼角，那是感恩的回憶，更是回饋的泉源，緹雅感受了些許的幸運，總可以感覺很久很久的幸福，可以支持她走很長遠的路，可以踩踏過不同的歷程，可以接受成長的洗禮。

工作之餘是緹雅享受時尚的休閒時光，此時的緹雅是自己的主人，完全依照心意自由飛舞，作自己王國裡的女王，雖然山上的樓房已去，公司也不復見，滄海桑田，物換星移，但是悠然曼妙的心卻依然如舊。緹雅心中始終懷抱夢想，因著與董事長結為家人，他尊重緹雅的意念，讓她享受決定一切，從居家陳設到衣著配飾，盡情發揮自我才能，從不干涉阻止。

每想到此，她還是感受了他的心意，也在經濟環境許可下，緹雅滿足了時尚的愛慕與悸動，幫助了緹雅編織綺麗的美夢，若不是這份支持的心意，緹雅難免綁手綁腳，不自在，想來董事長已給了她最好的，也是最珍貴的禮物——那就是自由。

這些日子，緹雅一個人靜靜地想了很多，所有身邊圍繞的物品，都蘊含了辛勤與感受，再甜膩的話語都不足以歌頌辛勤的片刻和感受的真實，這才體會，原來衣物所代表的意涵已遠在物質之上，而是恆久的感情記憶，感動和溫存。

緹雅整理衣物送人，將這份愛慕渲染開來，讓身邊的人擁抱時尚的喜悅，不禁又讓思緒掉入無節制購衣，淪為物質奴隸的時尚名媛的新聞。

在外是經常參加時尚秀，時尚派對的時尚名媛，永遠光彩奪目，氣質出眾的媒體寵兒，被鄰居發現家裡是滿山滿谷的垃圾，坐擁衣物成山的時尚名媛。

原來是一棟郊區的房子，委託仲介整理出售，不慎流出的新聞，才令人大吃一驚，她的光鮮亮麗是虛有其表，真實的生活只是個愛慕虛榮的時尚拜金女。

追逐時尚成癮，成為時尚的俘虜，時尚圈的困獸，被時尚捆綁的奴隸罷了，如她能節制欲望，瞭解佔有欲只是享受表淺短暫的快樂，而不是珍惜每一件衣物的設計美意，變化心情，往更高的境地提昇，那就是擁抱一場虛幻，貶低時尚的情趣了。

緹雅也不斷提醒自己，無論是幼時的一件新衣服，還是如今的完成心願，她都不會放棄自己的夢想，放逐自主的靈魂，更不可能放任自己，墜入無止盡的欲望深淵，那樣就不是最初的緹雅，那個母親衷心念想的緹雅了。

緹雅聽著音樂，一邊整理衣物，電視正播著新聞，那是一個海外傑出華人的專題報導，突然聽到人文的名字，接著看到出現在畫面上的，是那張略帶滄桑卻精神奕奕的臉孔，這是緹雅再也熟悉不過的一張臉龐。

人文與緹雅最後相見的夜晚，靜默裡迴盪著風浪的聲音，再多的話語已是多餘。緹雅每想起那個夜晚，人文臨別前還想再看看她，這對緹雅來說已經足夠，沒有任何遺憾。

新聞影片中報導了他在醫學研究上的成果，對人類病學所作出的貢獻，溫和自信的語態一如往昔，人文的執著認真，堅定志向，如今實現理想，為自己締造了不凡的榮景。

妻子是他身旁強力的後盾，她的明快幹練，職業婦女和賢內助兩種角色扮演的恰如其分。看著人文一家和樂，人文優秀，妻子賢慧，孩子聰明可愛，緹雅為人文作出了正確的選擇而喜悅，這個令人激賞的好消息，是仍在陰霾裡，還不能撥開雲霧的緹雅最無上的滿足。

妹妹認為緹雅為婚姻付出一切，卻得到這樣的回報，對董事長的所作所為無法接受，緹雅的犧牲並不值得，希望她和董事長離婚，將孩子讓給夫家，去追尋自己的人生。

緹雅的心所刻下的傷痕，已被思念慢慢地撫平，骨肉離散比任何的傷還難以癒合。當年那個出身富裕，嬌生慣養的千金之軀，嫁給一個平凡的年輕人，過著普通人的生活，養育了三個孩子，年輕人微薄的收入維持五口之家，千金小姐甘之如飴，並無怨言。

直到年輕人因病撒手人寰，身無一技之長的千金，不得不將三個幼齡孩子交由孤兒院收養，改嫁他人尋求另一種人生。

緹雅望向前方的道路，正處在當年親身母親的位置，如今的緹雅擁有選擇的權利，擁有生存的優勢，可以照顧自己，撫育孩子；而出身嬌貴的母親卻沒有選擇的餘地，只能割離孩子，內心所有的不忍，不捨都必須放下。

割捨親身骨肉的痛，緹雅如今正在體驗，那是一個母親內心最深層，最難以訴說，永遠也無法釋出的苦。緹雅的眼眶含著薄薄的淚水，她突然很想念未曾謀面，完全沒有印象的母親，她能完全瞭解母親的心，當時放開緹雅的手，緹雅的手在空中飛舞，小小顫抖的身子只能在院長的懷裡微弱的哭泣，母親飛奔離去的身影，渺小得再也看不見，這一生再也不會相見。

緹雅憐憫母親的無能，更心疼母親的無奈，也為自己鼓舞慶幸，能生長於自主獨立的時代，她已經清楚前方的路該如何走下去。

分居三年，緹雅沒有一天停止過思念孩子，當初公司面臨倒閉，兒子才滿周歲，緹雅四處籌款借錢，無論是商場上的伙伴，社會團體裡的朋友，或是私交，同學，好友，只要能借的人，想的到的對象，緹雅都會不辭辛苦，不論多遠，抱著沉甸甸的兒子到處奔波，只要能挽救公司，緹雅付出了所有的心血，看著它日漸興盛的成績，緹雅不忍心毀於一旦。

孩子明亮的雙眼像極了緹雅，眼裡閃爍童稚的天真，看著緹雅，他不懂父親作了些什麼，才讓母親辛勤地償還巨大的代價，母總是輕拍著他，讓他躲在溫暖的臂彎，好像外面的混亂紛擾都可以讓母親擔當，他從不需要害怕。

就像有一次，緹雅的朋友來看望問候，緹雅三歲的女兒在客廳沙發上椅墊翻起所搭築的城堡中，那稚嫩的臉正酣睡著；又領朋友入房，指著衣櫃旁角落的紙箱說，有的時候女兒也會睡在裡面。

孩子雖小，不知道大人世界的複雜爭執，但藉著遮避躲藏尋求溫暖。父親放棄自己，沉淪不起，緹雅一再隱忍，委屈求全，堅韌的緹雅，每當夜深人靜，獨自回想，空氣中淡淡的愁緒總會嬝繞不散，在孩子空白的童年裡，久久揮之不去。

董事長懇求緹雅再給他一次機會，一定讓緹雅看到從前那個有理想，有抱負，令緹雅心悅折服的董事長。看著兩個稚齡的孩子，和當初母親將緹雅放下時相同的年幼，無論董事長是如何浪擲寶貴的時光，犯下多麼不可饒恕的過錯，只要緹雅還能站穩腳跟，她絕不可能讓孩子步上和自己一樣被拋下的命運。

她要給孩子完整的家，有父親，母親，有手足，就像從小養育緹雅成長的家庭，有溫暖，保護，有心靈的安放處，更有夢想的起飛，回憶的泉源。

緹雅睡前躺在床上翻著雜誌，想起曾看過的一本小說，當時很感動，如今正是她心情的寫照。

——男主和女主是一起長大的戀人，在雙方感情含苞待放時，男主想到外面的世界看看，希望女主一起同行，一輩子待在鄉下沒有前途。男主是個心地善良，有理想的人，和相愛的人相守是女主嚮往的未來，她瞭解他的志向，絕不僅是入贅女主家，作女婿幫忙務農而已。

他是個有擔當，想有一番作為的人，這也是她欣賞他的原因，如果強留下他在身邊，他這一生就這麼平平淡淡，抹煞了一個有為的青年。就算男主甘心留在她身邊，以她的胸襟絕對會讓他自由飛翔，去到他想去的地方，那才是真的愛他。

緹雅想到這個學生時看的故事，放下雜誌，從整理箱裡找出了這本書，書套包裹的封面依然完整，當時感受的悸動一直留在心裡，任時空變遷，如今讀來感覺更貼近心靈最深處，正道出她此刻的心情。

——在和男主道別後，家裡作主讓女主和一個單身男子結婚，無任何背景的孤兒，願意入贅投靠女方，尋找到一個安身立命的地方，是一個幸運，卻是女主命運不幸的開始。

這個外表和善，無依無靠的青年矇騙了女主一家，他既不幫忙農事，還喝酒賭博，賭輸了，不顧女主規勸藉酒裝瘋，對女主一頓毒打。女主坦然面對這種安排，背著孩子，獨自到田間作農事，豔陽曬得她汗水淋漓，遮住了雙眼，她知道自己只能流下汗水，沒有流淚的權利。

緹雅看到這裡，深吸了一口氣，靜靜看下去。

——轉眼間三個孩子也大了，各上國中，高中的孩子都遺傳了母親的勤奮，成績優秀以外，課餘還幫忙母親下田，分擔母親的辛勞，讓母親心裡安慰，是重要的精神依靠。

村子裡熱哄哄地，像是有人返鄉了，街坊鄰居紛紛探頭，女主正對窗張望，那張再熟悉不過，曾在夢裡相見幾回的臉孔，如今就站在家門口，兩人靜靜凝望著。

許久未見，大兒子已唸高三的女主風霜多染，看在意氣風發，事業有成的男主眼裡，依然一如往昔，只是更多的憐惜和心疼。

仍是單身的男主希望女主離開賭徒，停止不幸的生活，他願意照顧女主和孩子，重新尋找幸福。

女主只是看著那雙充滿懇求，略帶滄桑的眼睛，心中充滿感動，她平靜的拒絕了男主。她離開了心裡永恆存在的人影身邊，回到了那個孩子的原生家庭，繼續守護著這個家，這是她此生的道路，也是她餘生的責任。

緹雅對照自己的境遇，人文希望緹雅與他相守，緹雅無法與他共結連理，卻不佔為己有，不牽絆著他，只是衷心祝福。

人文能有今天的成就，是妻子輔佐，照料的功勞，一切安排自有道理，走過的路無法重來，也許當時選擇了人文，也無法造就他傑出的表現。緹雅還是感謝人文，感謝人文的妻子，人文走過失落，在異鄉成就自己，追尋自己的幸福，緹雅與有榮焉，也為人文感受深深的幸福。

緹雅當時年輕，覺得女主犧牲自己的幸福，成全孩子有一個完整的家，這樣的選擇很不容易也很傻，如果是自己，一定會帶著孩子投靠男主角，才能得到真正的幸福。

如今自己正是和書中女主相同的境地，緹雅自主獨立，有充分的經濟能力，可以再追求新的生活；但仍然願意給孩子一個完整的家，絕不希望孩子失去母親，步入自己幼時的處境，這份珍視家庭的心情，若不是以自己的感情歸屬，心靈的安放處而作的決定，那又是為了什麼呢？

每次我問你為什麼那麼愛我？

你害羞地答不出來，總是說我喜歡妳的純真無邪。

其實我知道答案，因為我是你今生唯一，我是你今生的新娘。

我竟然發現先生的人格特質無求，無欲，無私，平淡中的不凡，不似他的父親，竟似我的父親。有人說女兒是父親前世的情人，女人能遇見近似父親人格特質的男人，是多麼神奇又溫暖的安排，而竟真實地體現在我的婚姻裡。

上天將他許給我，安排在今生相遇，自有美意，我珍惜並感恩，如此純善的男人，增添我生命的瑰麗和風采，那種喜悅似滿溢而出的噴泉，洶湧於心間汩汩流洩，流淌滋潤我心田，豐富完整我的人生。

緹雅喜歡在睡前看書，這本書裡的一段，緹雅覺得很有意境，經歷過婚姻的人讀來感受特別深刻，董事長雖然不如文章裡的先生如此完美，但他的和善，良好的待人態度，當初深深吸引著緹雅，願意為家庭，為工作付出所有的智慧和才能。

緹雅與董事長分居期間，在工作上的表現越來越出色，因接觸的早，可說是此行業的先驅，對這個領域的知識，運作非常熟悉，瞭若指掌的專業才能，讓她備受公司和業界信任。

這三年緹雅準備充足的工作實力，和業界的良好關係，立刻找到股東投資成立公司，由她負責開發客戶，簽定合約，嫻熟與客戶老闆的條約內容，協調老闆與員工之間互惠共生，以及員工的各種問題，包括工作上，甚至是生活，家庭，或感情上的疑問，緹雅就像是大家長般，贏得老闆和員工的信任，久而久之，彼此成了無話不談的朋友了。

緹雅總是有這份耐性，一種堅持的毅力，不厭其煩地耐心說明，勸導身邊的人，就好像是個不會失去熱力的，會一直堅守，捍衛自我本質的人。不輕易放棄，不容易沮喪的性格，年輕時的緹雅認為所經歷的事，所遇到的人都是很自然的安排，與其浪費時間埋怨，不如順其自然接受，正面迎向，想辦法解決，平靜下來，心自然會明白方向。

可能是從小母親的教育：一切要靠自己，只有自己最可貴，想到母親的話，年紀越長的緹雅彷彿有了力量，內心充滿了信心，一路走來接受很多的善意，溫情的用心，滿載的溫熱都是互相激盪的美意，緹雅從來不敢忘懷，珍藏謹記於心，希望能回報給彼此受用，才不辜負這一趟清清楚楚的路程，明明白白的人生。

如今只需要緹雅點個頭，答應董事長的懇求，上天是否會再許她一個良善的人？再許一個美好的婚姻？緹雅將自己準備好了嗎？

作者以人性角度書寫男性，尤其是對賭徒有別於一般書中，喪盡天良，壞事作盡的描寫，這本書中的賭徒是有人性有感情的，但仍表現了自私的人性面。

將一個早知不相配的女孩打搗毀滅，以為如此可牢牢捉住她，讓她永遠留在身邊。真正的愛是為對方設想，互相提昇成長，而自身難保的賭徒是無法成人之美的。

女孩單純善良涉世未深，但有堅強的意志，藉著親情愛情的力量掙脫於泥淖不堪，實現了理想，成為一個幫助相同經歷的女孩，重新找到生命方向的心理輔導員，在實踐自我的過程，也印證真正的價值，不致枉走這一段意外人生。

緹雅總是回想著留存在記憶中的故事，故事反應人生，真實發生在生活裡，這才體會出人生的真諦。

賭徒傾倒了家庭，事業，將全部打毀，也許是上天的旨意，是緹雅的使命，一切都是自然的安排，緹雅願意面對這種安排，接受這種考驗，緹雅願意允諾承擔，重新再造一個天堂。

緹雅決定再給董事長一個機會，再給孩子一個完整的家，再給自己一個挑戰的機會，一直以來緹雅總是為別人想，為別人盡最大的心意，為所愛的人犧牲奉獻，從未想過自身。

緹雅已不是從前年幼的孩子，需要父親，母親，家庭給予她什麼，緹雅已長成一個能追尋夢想，掌握夢想，實現夢想的人。為家人再造一個天堂是使命，更是責無旁貸的義務。

如今緹雅已從起跑點出發，步履堅定，董事長的公司才剛開始，她是整個家的依靠。對她來說，是董事長帶領她踏入這個行業，她將會繼續獨立運作，以期對兩位股東負責。

董事長的新公司也是個新興行業，早先接觸是幸運的，沒有競爭，一枝獨秀，可以趁早占有市場；挑戰是需要培養開拓市場的生力軍，搶攻客戶，拿下市場大餅。

董事長又回復早晨進公司坐鎮，那個生氣勃勃，員工愛戴的領導者，那個緹雅激賞的聰明，實在的董事長，她真的相信自己的決定，就如同當年相信的決定一樣，緹雅真的相信自己的判斷，也深深相信董事長的潛力正待發揮。

因為個性溫和，不擅拒絕別人的邀約，從唸書聽從家裡安排，考上第一志願，畢業，退伍，家裡為他挑選行業，開了公司，一直以來都很順遂，表現得從不令人失望。他優秀的資質和經營生意的頭腦，得到充分的證明和肯定，因著一切太順利，他也一直很專注，從不分心，不知道外面花花世界，所結識的各形各色的人裡，難免有誘惑。

生意場上人心浮動，這些正規生活之外的煽動，擾亂心志的誘因，都足以考驗定力，這些偏離軌道的，不屬於常態的，糜爛心志的餘興活動，對一個習慣正常生活的人來說，也許淺淺一試就足以淹沒，整個人，家庭，事業，體無完膚，萬劫不復，再回頭也許已晚，能有幾回幸運能讓人浪擲虛渡呢？

如果緹雅願意再給董事長一個機會，拉他一把，讓他再次證明自己，可以放下前嫌，從跌倒中重新站起來，他依然是緹雅心中真正的強者，是孩子心中的好父親，是這個家最有力的支撐，更是緹雅夢想王國裡的國王。

董事長的新公司新作為，令人耳目一新，像早晨初昇的太陽，綻放的光明熱情，足以溫暖每一個人，公司業務精進成長，公司上下，都被董事長的認真增進業績的效率而折服感佩。

董事長的積極活力，帶動每一個部門，每一個員工，像齒輪般一個牽動一個，息息相關，互相緊密聯繫，將整個工作氣氛揚升到頂峯，人人心向公司，效法有作為，有領導才幹的董事長。

緹雅朝思暮想，心存盼望的董事長又活過來了，緹雅羨慕那篇文章裡的女人，對婚姻的憧憬嚮往，被幸福襲罩，那種喜悅似滿溢而出的噴泉，洶湧於心間汩汩流洩，流淌滋潤我心田，豐富完整我的人生，那般幸福的女人，緹雅已許久未曾體會的喜悅，也不敢奢望降臨在自己身上的幸運，終於復甦了。

沉睡的獅子甦醒了，董事長的承諾讓緹雅看到了，他依然是那個聰明，智慧，領導有方的領袖人才。每一季的公司營業額，遠遠超越之前的公司營業額，淨收入遠遠超越緹雅的公司淨收入，遠遠超越緹雅的盼望，緹雅心裡滿是感動的情緒，感謝上天重新接納了迷途羔羊，為他指引方向，緹雅從不放棄希望，始終會得到回報。

董事長和緹雅兩人肩並肩，各在自己的領域裡奮力拼搏，為曾付出昂貴代價，幾番午夜夢迴錐心的疼痛，不容易換取的平靜生活而齊心奮鬥。

緹雅為董事長而喜悅，他證明了自己的價值，跌得深，反彈的力道也猛，要為過去這段空白歲月，重新添加光輝，公司經營的穩穩當當，說明了他是個提得起的人，一時的偏差脫軌，只要給予機會，他的資質和決心，絕對可以異地重生，為自己的歷程添加一筆不凡的光景。

緹雅讚賞自己願意給董事長機會，如果就這麼放棄了一個可以期待他回頭，再創傳奇的人才，而令他自暴自棄，無法作為，茫茫然不知何處是歸途，何時才能重見光明；如同一葉小船行在遼濶大海看不清方向，緹雅願意如燈塔挺立前方，在風雨搖撼中，在雲霧飄緲間，永恆地指引，給一個迷茫的人一些安定，給一個迷失的人一些安慰，給一個迷亂的人一些安撫，因為是緹雅，她願意這麼做。

董事長一如往日，早晨駕車上班，車剛停好，從褲子口袋裡取遙控器鎖車門，手指不靈活，平日一個簡單的動作竟如此吃力，驚覺有異，立刻坐計程車直奔醫院。

經醫師急救，原來連日加班出差，董事長患有高血壓，按時服藥外，還得注意休息，不得勞累。緹雅掛心董事長的病情，希望公司營運上軌道，同時更要關心健康，慶幸症狀輕微，早期警覺就醫，因年紀輕恢復期快，只要一段時間耐心的復健，回復正常的生活不是難事。

住院期間，緹雅每天下班趕到醫院看望，詢問復健的情形，看著緹雅憂心的神情，董事長安撫著，心裡清楚體力超出負荷的原因。本以為按時服藥就可以控制，沒想到連日出差，公私兩忙，還是引發輕微腦出血；住院一週後，董事長恢復情形良好，出院後，緹雅注重他的營養和睡眠，還需去醫院復健報到，確實完全恢復正常為止。

緹雅希望他為自己，為家人多珍惜自己的健康，董事長並沒有想到一時疏忽，釀成災禍，他和緹雅之間的和諧在事業順利，家庭生活和樂之際，又悄悄地埋下了禍根，正在醞釀著山雨欲來的風暴。

緹雅的公司持續成長，營業額激增，每到月底需要預備龐大的資金發放薪水，月初客戶老闆的支付報酬才會兌現，這筆需要先墊上支付薪水的資金，困擾了緹雅很長的一段時間。

這是緹雅獨立負責公司，所必須面臨解決的事項，每當焦頭爛額時，緹雅總是想到以往，都是董事長在處理這些問題，他從來不會將情緒流露出來，讓緹雅擔心。也許是無法解決棘手的問題，暫時的逃避吧，才會尋求賭博時一擲千金的快感，那種瞬間的刺激，也許會令人忘記痛苦，拋開壓力。

緹雅培養了許多的休閒興趣，聽音樂，看書，運動，翻閱時尚雜誌，上街瀏覽櫥窗，買時尚衣飾犒賞自己；可是董事長從小就在父母親的管教下，只是唸書，成績要求名列前茅，其他的興趣彷彿都不重要，都是多餘，只是浪費時間的活動，一切都以讀書為主。這樣以升學主義為主的家庭成長的人，都沒有獨立思考的能力，一但出了社會，如果在商場上接觸的人多，誘因多，非常容易把持不住，失去原則，無法判斷對錯，輕易地跌入陷阱，身敗名裂，萬劫不復。

這樣想來，緹雅突然能體會董事長的難處，也很同情他的孤單貧乏，其實他也沒有要好的朋友，以前只有公司員工，後來是賭場的賭友，現在又恢復了公司的員工，除了公司，家人，再也沒有其他說話的對象了。緹雅公司很忙，經常下班回家已是晚上十一點，只見他一個人在電腦前玩遊戲，緹雅會催促他早點休息，不要太勞累了，他只是笑笑，再玩一會兒遊戲，就倒頭睡下。

這時緹雅洗完澡，會在床上看一些喜歡的書或雜誌，這是辛苦工作一天後，最舒適的放鬆，無論是讀一篇知性文章，心靈得以安寧，還是吸收時尚流行訊息，都是讓內心自在的養分，緹雅喜歡這樣的安排生活，不會在緊繃的忙碌工作以外，盡是貧乏空洞的人生，那就辜負了生活的意義，不過是工作賺錢的機器罷了。

可是董事長卻不懂培養自己的休閒興趣，其實他是個煙酒不沾，不交際應酬，性情溫和，喜歡居家的好男人，只是除了工作以外，其他的時間都是面對電腦，一成不變的千篇一律，難怪一點點的誘因，都會輕易擄獲他單純的性格，侵蝕他空白的內心。

董事長的公司經營得非常出色，及早佔有市場，搶攻下大多數的客戶，奠定了他在這個領域的地位。遠自國外請來的師資和教學品質都深獲肯定，受到大多數學生的歡迎；以往學生必須經過考試，收到入學通知後，遠渡重洋，赴國外獨立生活，同時負擔課業和適應生活的壓力。

現今攻讀學位，不需放下家庭，一邊工作一邊進修，董事長的眼光精準，領先同業的優勢，先見之明的判斷為自己締造了傳奇的新頁。他的資產和聲譽與日俱增，重新印證了自我價值，洗刷了賭徒的惡名，拋開了晦暗的陰影。

緹雅在克服一次次的困難後，終於申請到銀行貸款，解除了每逢月底逼迫的壓力，在享受自己的工作成果中，同時分享了董事長重新昇起為東方朝陽的光芒，只要空閒假期，全家出國旅行，闔家享受天倫之樂。

如果孩子沒有同行，公婆會北上照顧兒孫，緹雅和妹妹結伴旅遊，歐洲各國遍布她們的足跡，緹雅銳利的眼光，敏銳的感知，時尚的氣息活躍了大腦，浪漫優雅的氛圍讓身心靈全面舒張，所有世間的美好盡在身旁，若非這般神奇，緹雅怎能相信是夢與現實，天上與人間，何處是界線呢？

在董事長宴請員工春酒的聚會裡，緹雅和股東之一的總經理和夫人比肩而坐，在董事長起身離開的空檔，主掌財務的夫人面有難色的告訴緹雅一個意外的情況。

最近幾個月公司營運良好，可是帳目上有幾筆數目對不上，帳目短少是從不曾發生的事，如果另有用途，那應該實報實銷，可是好幾筆錢應該在帳目上的，卻不見報帳，除非是挪作他用。

夫人一向管理財務透明，細心負責，又是合夥人，不可能監守自盜，也不可能欺瞞董事長，股東間誠信相待，公司才能長久經營。

從不過問董事長公司業務的緹雅，內心有許多猜測，但是除了董事長，總經理和不管事的另一位股東，誰有資格從公司帳目裡取走公款呢？

緹雅的心裡有些揪扯，那個早已被新生的皮膚封蓋得密實的傷處，被重生的喜悅充滿沛然的心，被痛改前非，洗心革面，被大徹大悟，被所有足以形容董事長，從沉淪中抽拔的浪子，重新展現領導人，好父親，好丈夫，好兒子的男人，如今又滿佈著什麼樣的迷惑呢？

緹雅的懷疑還是得到了證實，每天下班就按時回家的董事長，坐在電腦前玩的遊戲就是麻將，那是他工作之餘唯一的休閒娛樂，也是精神寄托。

緹雅並不責備他，他本不好動，喜歡宅在家裡的人，玩益智遊戲訓練頭腦，只要不沉迷，和任何嗜好是一樣的。

緹雅喜歡流行時尚的事物，衣帽間裡盡是收藏，但是有約束自我的能力，董事長從不擔心緹雅敗家敗金，家裡堆得滿山滿谷，不見天日。

但是她怕的是董事長玩心重，公事上一板一眼，心裡像個還沒長大的孩子，要人哄要人捧要人寵，這是實際生活裡的一家之主——董事長的真實性格。

公事上能力強，私底下只是在電腦前和人鬥智比運氣，是無法滿足董事長的野心的，他終究還是受不住誘惑的邀約，上了麻將桌，和真人鬥智比運氣，廝殺了兩天兩夜，那次的早晨送醫急診，就是出差順帶上了牌桌，公事私事兩頭燒，消耗體力，不堪負荷，才引發中風。

緹雅這才解開迷惑，挪用公款，帳目缺口之迷，就是董事長的致命傷，就是緹雅心頭必須再次承受的壓迫，再也拋不開的包袱了，緹雅已經準備和挑戰對抗了。

緹雅將自己公司盈餘的資金來補董事長公司虧空的帳，這個新公司新氣象，為董事長的生涯再造一里程碑，他對這個新興行業運籌帷幄，經營得朝氣澎勃，欣欣向榮，後起之秀紛紛效法，想在董事長一家獨霸的市場上擠一己之地，瓜分市場大餅。

董事長獨攬的業務被削價競爭分食了，客戶學生減少了，年年增長的營業額漸漸凋零萎縮，只能靠著取得代理的幾所名校，吸引爭取到少數的學生。收入銳減，只剩下以往的三分之一，公司的開銷支出並未減少，董事長從過去的再創傳奇，如今光芒退盡，不再是聚光燈下的焦點，不再是受人愛戴的領導人，更不是業界追捧的寵兒，內心需要被肯定，被尊重的董事長瞬間失去了舞台，失去了依靠，一顆無以為繼的心，聊以安慰的就只是賭了。

他不再兢兢業業，將全部心力智慧投入在一手開拓的事業上了，像個鬥敗的獅子，每天渾渾噩噩進公司，昏暗迷濛中進家門，曾經長成強壯的大人，因一時失意從雲端跌落地獄，再也無法振作奮起，只能退回襁褓中的幼兒，嗷嗷待哺，讓人憐惜。

緹雅除了忙自己公司的事，所有能為這個家做的，還是持續的，不斷的為這個還沒有長大，貪玩的，迷路的孩子填補帳目的破洞，填補墜落的深淵，填補永遠也填補不滿，無休無止無盡頭的黑暗。

終於董事長累了，在剛滿五十歲的生日過後，因連日疲憊引起感冒，夜晚呼吸不順就醫，經轉送醫院住院觀察，隔日心肌梗塞，第二度中風。

所有能作的，只是按時服藥的董事長，將自己寶貴的生命交付魔鬼，讓惡魔佔有控制了自己的命運，緹雅心中那個聰明，反應快，充滿智慧，才幹，衝勁的董事長，現正倒臥在死神的手裡。

緹雅在開刀房外，懇求菩薩的保佑，只要能換回董事長的生命，她一定會做得更多更好，再沒有任何困頓比得上失去他：為他去補帳目的破洞；勸說他按傺住玩心，將心思熱情放在工作上；偶爾娛樂玩牌休閒放鬆，不要熬夜豪賭傷身……，再也沒有比換回董事長的生命，還更令緹雅難捱的苦關，只要上天能聽到她的懇求，讓董事長回到她身邊，陪他去復健，餵他吃飯，穿衣，她都毫無怨言，她都願意做到。

上天憐憫緹雅，讓她看到一線生機，昏迷一個月的董事長在葉克膜的搶救下恢復意識，無法言語的他只是默默依賴著緹雅，緹雅讀出了他懺悔的眼神。

其實她從未責備過他，因為他並沒有經歷過困苦，一直順遂地在父母和妻子的照顧下生活，所有的災厄都替他擋了，還有誰能比他更幸運呢？

緹雅撫著董事長的頭，就像小時候母親撫摸她的溫柔，輕輕握住董事長的手，緹雅和平日一樣微笑著，董事長眨眨眼睛，那是無聲的感謝吧。

這一個月緹雅以醫院為家，就睡在加護病房外的會客室沙發上，如果董事長有任何狀況，她就能陪在身旁，她希望每當董事長醒來，可以看到彼此，這是緹雅現在唯一能為他做的。

睡眠狀況不好，每天睡眠迷濛地趕到公司，處理完事情，立刻回醫院，擔心董事長復元的情況，所有的事務，沉重的擔子壓在她的心上，沒有任何人可以依靠，這一切都不曾改變她希望換得他的生命的決心。董事長的心臟已無法再正常運作，現在就等待一個心臟，進行換心手術，延續生命。

換心手術十分成功，第二天董事長甦醒了，接連幾天復元情況良好，醫生為董事長旺盛的生命力而驚喜，恢復情形進展超出預期之下，轉往普通病房的董事長的朋友，員工和學生，紛紛帶著鮮花和禮物看望，恭賀聲不絕於耳。

重生的喜悅正圍繞著病人，即將為董事長辦出院手續的緹雅，卻想不到突如其來的意外，抗排斥的藥引發感染敗血症，董事長經緊急救治，還是無法改變命運，從死神的手裡奪回生命，搶救無效，董事長還是離開了緹雅，得年五十歲。

董事長的後半生和緹雅緊緊聯繫，因為他的智慧，領著緹雅走入這個行業，讓緹雅的潛能得以發揮；因為他的失足，讓緹雅深入此行業，站有一席之地；因為他的醒悟，讓緹雅看到希望的光亮仍然延燒；也因為他的再度墜落，讓緹雅的意志更加堅定強大。更因為他在與命運抗衡時，讓緹雅知道自己和董事長是生命共同體，這一生絕不只是因為他是孩子的父親，如此單純的關係而已，董事長走了，留下的只有他的溫和話語，和對緹雅最寬廣的自由，緹雅永遠懷念他。

董事長的公司由總經理接任，緹雅在他的辦公室裡整理收拾留下的物品，坐在董事長的座位裡，閉上雙眼，腦海中一幕幕畫面浮現，就像近在眼前，昨日才發生似的。

董事長身著緹雅精心搭配的服飾，淺藍色的上衣襯著紫色的領帶，再外搭背心，他心滿意足地親吻了緹雅的臉頰：

——謝謝我的好老婆。

他總是會聽從緹雅的安排，信任她，尊重她，無論是公司裡的方向政策，人事上的指揮決定，還是食衣住行瑣碎的事務，緹雅都會提供意見，以自已經營公司的經驗，和對生活的體驗，將早已知道的答案不吝分享，而不是強行干預，專制決斷。

董事長總能體會緹雅的心意，尊崇她的善意。緹雅張開眼睛，將桌上的兩人合照和董事長的職稱名牌放入背包，懷抱著所有美好的回憶，嗅覺那熟悉的氣息，再望一望辦公室，那張座椅裡埋首公事的人影，輕輕帶上門。

——他走了，我只記得他的好。

淡淡的話語，悄悄地飄散在空中，停留在人們的心裡，那麼清淡潔白，那麼不惹塵埃，就那麼無聲無息落在心裡最安靜的角落。

董事長離開後，家中偌大的空間裡都是珍貴的回憶，每晚睡前，緹雅會看一些心靈修練的書，安撫心裡接受這突如其來的安排。每晚入睡後，董事長會出現在夢境裡，影像和對話和從前一模一樣，如真似幻，往昔說話的語調，神情的變化，如夢似真，緹雅相信她和董事長之間是有牽絆的。

只是他的突然離去，沒能留下隻字片語，緹雅只有持續地調整心理，因為公司和兩個孩子還需要她，公司穩定，這個家才有未來，她也相信董事長在天上會很安然，不要再為人世煩惱，人世的愁苦隨著董事長的離開消融散去，留給家人，朋友，員工的盡是美善完好的記憶，緹雅始終相信。

緹雅安靜地渡過了一年，在這一年裡她學著釋放情緒，不斷地閱讀，鎮定憂傷，有時堅強會覆蓋憂鬱，但疼痛會滲血而出，不時地刺痛堅強，堅強也需要疼惜；往往緹雅總是那個扮演堅強的角色，兒女還小，需要她的堅強守護，緹雅總是不能輸，不能軟弱傾倒，因為一切要靠自己，只有自己最可貴，母親和董事長都在天上看著她，她不能輸。

緹雅在洗澡時，偶然碰觸到大腿上方內側，摸到一個瘤狀的物體，不以為意地將瘤戳破，擦拭掉血水，並沒有放在心上。過了兩個星期，無意間碰到相同的部位，竟又長了兩個瘤體，緹雅覺得不對勁，立刻到醫院檢查，在切片報告的等待期間，切片處又悄悄的長了六顆瘤體。緹雅感覺事情進展可能往不好的方向，她只能翻閱和病症相關的書籍，靜侯檢查結果。

當醫生宣布她的病況時，和緹雅當事者同等意外，因為緹雅是這大型醫院的第一個病例，全台灣只有幾例，甚至全世界也不出幾人，而且緹雅並沒有家族史。

這種罕見疾病的出現，顛覆了家族腎衰竭的遺傳，而緹雅本身又有地中海貧血的疾病，上天選中了她，淬鍊成就她的與眾不同，對緹雅來說是一趟奇特的歷程。

在董事長走後的這一年，緹雅對任何事情的發生都不抗拒，認為是冥冥中的注定，這場罕病的試鍊，緹雅有些詫異卻不驚慌，覺得戲謔卻也安然接受，她也只是顯露淡然的笑容，繼續玩味這豐富的人生。

身為大型醫院罕病首例的緹雅，在群醫齊心協力下，將病灶切除得十分徹底，手術非常成功，花費的人力物資，讓緹雅深感幸運。

當時搶救董事長得宜，讓緹雅與他共渡了最寶貴的時光；如今是她的病況，即刻開刀根除，定期回診追蹤，緹雅一直以來遵循心中的想法，凡事相信，盼望，感謝，那些紛亂的雜念只會遮蔽單純清明的心，現在沒有任何事比得上放鬆心情，卸除壓力還重要。

為了健康，為了孩子的未來，在董事長離開三週年，緹雅生病屆滿兩年，公司成立二十五週年的此時，緹雅作了一個決定。

今年即將自大學設計科系畢業，學習韓語多年的女兒，將親自赴韓國挑選進貨，從線上直接訂貨，準備從事服飾行業。

緹雅將公司業務交給資深助理全權處理，和女兒攜手共創事業第二春，緹雅如願以償成立時尚工作室，將家裡一間房間闢為展覽室，陳列進貨的衣飾，客人可隨意挑選，緹雅非常樂意在旁協助搭配，提供時尚流行訊息。

緹雅豐富完整的素養和知識，受到高度的肯定和讚賞，緹雅的親切耐性，在三十年的職場生涯裡，融入為個人的性格特質，緹雅就是努力完成夢想的時尚達人，自信，從容，美麗的時尚代言人；她是一個勇敢追夢，享受生活的女人，更是一個珍愛自我，作自己生命主人的上升女王。

國家圖書館出版品預行編目

上升女王 / 陳零著. -- 臺北市 : MIA, 2022.05
面； 公分
ISBN 978-957-43-9975-8(平裝)

863.57　　111004758

上升女王

作　　者／陳零
出　　版／MIA
製作銷售／秀威資訊科技股份有限公司
114 台北市內湖區瑞光路76巷69號2樓
電話：+886-2-2796-3638
傳真：+886-2-2796-1377
網路訂購／秀威書店：https://store.showwe.tw
博客來網路書店：https://www.books.com.tw
三民網路書店：https://www.m.sanmin.com.tw
讀冊生活：https://www.taaze.tw

出版日期／2022年5月
定　　價／300元